STS

山田社

U0080173

試分數大躍進
積實力
萬考生見證
考秘訣

·4

日本國際交流基金考試相關概要

絕對合格
日檢必勝單字

影子跟讀法
&填空測驗

N4

新制對應！

吉松由美、田中陽子
西村惠子、千田晴夫　　　◎合著
林勝田、山田社日檢題庫小組

> 專家都推薦的「影子跟讀法」，
> 免出國！自言自語也可以說出完美口音！
> 再加碼
> 打鐵趁熱、充分演練的單字填空測驗，
> 及常用搭配的必考短句，
> 單字速記三部曲，
> 讓您從「過目就忘」到「過目不忘」，自信迎戰日檢！

學日文的路上，如果您有這些苦惱：

▶單字總是背完馬上就忘。

▶「嗯…呃…」說日語老是會卡住，還有濃厚的台試口音。

▶動筆時，老是想不起字怎麼寫。

▶日檢的漢字、詞彙題型是大魔王。

▶遇到文法變化，就像走進迷宮，還是搞不清楚。

▶別擔心，這裡通通幫您搞定！

本書精華：

✓「影子跟讀法」以「仔細聽」、「百分百**模仿**」日籍老師**發音**、語調…等，
讓您精準發音，開口就是大家的焦點。

✓「單字→單字成句→情境串連」，輕鬆活用一串單字！

✓「知道意思」也要「知道用法」，每單字常一起出現的「搭配字」，
用短句讓您一點就通！

✓「填空測驗」的長句，讀完立即驗收成果，同步吸收同級文法與會話！

✓ 50 音順索引化身字典隨時查找！

面對日檢，想贏得漂亮，除了靠努力，還要靠方法。
別讓記憶力，成為考試的壓力。
找對單字書，四效合一，效果絕佳！
就讓百分百全面的日檢學習對策，讓您致勝考場。

本書特色：

1. 影子跟讀法，磨亮聽力，口音向專業邁進

聽力是許多應試者的罩門，本書為了找到合格最短距離，針對聽
力和口說設計了「影子跟讀法」，讓您磨亮聽力，口音向專業邁進。

影子跟讀法就是在聽到一句日語約一秒後，像影子一般完全模仿
日本人的說話方式，也就是「**模仿！模仿！再模仿！**」。效果有三：

◆效果一

精準發音、完美口音：影子跟讀法透過百分百的模仿，可以學習日本人的發音、語調、速度及口氣…等，讓自己的嘴部肌肉更精準的去模仿，口音不知不覺就超有日本人的味道。

◆效果二

日檢聽力大躍進：「能看懂書面日語，但就是聽不懂」。要百分百模仿，複製標準東京腔，除了要聽懂道地的日語口音，也要滴字不漏的精準聽到每個字，包括助詞、文法、口語縮略形…等，逼迫自己弄懂所有的單字跟文法，最後達到磨練出完全理解句子意思的日語腦，聽力也就跟著大進步了。

◆效果三

口說進步神速：影子跟讀法可以自學把口說能力練到跟日本人一模一樣。影子跟讀法連結了聲音聽覺及內容理解，讓您的日語反應能力大幅攀升，固定表現文型在多聽多跟讀的千錘百鍊下，不知不覺中習慣日語，脫口而出的日語將令人驚豔。

影子跟讀法的「先理解╳再內化╳後跟讀的完美5步」如下：

步驟一：先聽一遍。理解音檔內容。

步驟二：搞懂句子。完全理解句子裡的單字、文法等意思。

步驟三：朗讀句子。看著句子，發聲朗讀到流暢。

步驟四：邊聽邊練習。複製東京腔，模仿音檔標準發音，專注發音、語調起伏及節奏。

步驟五：開始跟讀。約一秒後如影子般，跟隨在音檔後以同樣的速度，唸出一模一樣的發音和腔調。方式有二：

　　　　　a. 看日文，約一秒後跟著音檔唸。

　　　　　b. 不看日文，約一秒後跟著音檔唸。

例如以下這句：

老師唸：米とみそは、日本の台所になくてはならないものです。

我跟讀：（1秒後）米とみそは、日本の台所になくてはならないものです。

約一秒後跟著音檔唸，以同樣的速度完全模仿老師的發音。

　　　本書藉由長度適中的 N4 例句，讓讀者可以迅速理解句意，再搭配比一般 N4 聽力更快的正常語速，讓讀者百分百模仿日本人的正常說話速度及語調。只要您實際開口跟讀，效果絕對超乎想像。就是要您短時間提升聽力、單字量，輕鬆通過日檢，更讓您不只會說，還能說得標準又漂亮，口音向專業邁進！

2. 長句「填空測驗」，立即檢驗、複習，深入記憶

由於日檢趨向生活化，除了短例句，另外還有精選同級文法和詞彙的「長例句」，讀者能同步學習閱讀能力及會話。例句中的單字部分挖空，讓讀者在學完一頁單字後立即驗收學習成果，針對不熟悉的部分再次複習，吸收效果絕佳。同時透過書寫，加深對漢字及單字的記憶，並讓讀者主動思考動詞與形容詞的變化，再次強化讀寫及口說能力！

3. 生活情境分類，串聯應用場合

本書採用情境式學習法，由淺入深將單字分類成：時間、地理…職業、經濟…心理、教育等，依照情境主題將單字分類串連，從「單字→單字成句→情境串連」式學習，幫助您快速將單字一串記下來，頭腦清晰再也不混淆。

不僅能一次把相關單字整串背起來，在日常生活中遇到相關情境時，還能啟動聯想，瞬間打開豐富的單字庫，讓口說能力更精進。

4. 辭意一點就通，50 音順排列化身字典隨時查找

本書精選高出題率單字，且在中譯解釋中去除了冷門字義，選擇常用的解釋依序編寫而成，讓您在最短時間內，迅速掌握日語單字。書末更有情境的 50 音順索引，就是要化身辭典，方便您輕鬆複習！

5. 常用搭配的必考短句，活用單字的勝者學習法

活用單字需要「知道意思」，也要「知道用法」，進而帶出「聽說讀寫」4 種總和能力，本書每個單字右邊給出一個短句，不僅配合情境，更精選該單字經常一起出現的「搭配字」、常使用的場合、常見的表現，配合 N4 所需時事、職場、生活、旅遊等內容，貼近 N4 程度。從例句來記單字，加深了對單字的理解，對根據上下文選擇適切語彙的題型，更是大有幫助，同時也紮實了聽說讀寫的超強實力。應考時就能在瞬間理解單字，包您一目十行，絕對合格！

6. 貼心排版，一目瞭然

單字全在一個對頁內就能完全掌握，左邊是單字資訊和短句，右邊是長例句練習，閱讀動線清晰好對照，不必翻來翻去眼花撩亂，幫助讀者更好吸收。單看右邊還能變成考題，單看左頁則可快速複習，好設計讓您事半功倍！

想考日檢，或想輕鬆增加單字量的讀者皆適用，
透過活潑的插圖版型，給您全方位且紮實的練習！
兩頁一組測驗，方便您利用零碎時間，
一點一滴累積增進日語力！

使用說明
shadowing 影子跟讀法

透過百分百的模仿，聽力大躍進，練出完美口音。

5 步驟強化聽說力

理解

1 先聽一遍 理解音檔內容。

● この仕事は、僕がやらなくちゃならない。

內化

2 搞懂句子 仔細閱讀句子，並理解句中的每個單字及文法的意思。

這個　　工作　　　　　我

● この仕事は、僕がやらなくちゃならない。

なくてはならない（必須）的口語縮約型，ては→ちゃ

知道句意是：「這個工作非我做不行。」

3 朗讀句子 看著句子，發聲朗讀到流暢。一開始可能會因不熟句子而卡住，反覆多念幾次，直到自然流利。也可以通過掌握句子的文節，了解日本人習慣停頓的地方。例如：

● この∧仕事は∧、僕が∧やらなくちゃ∧ならない。

※「∧」是日本人習慣停頓的地方。

4 邊聽邊練習 複製東京腔，模仿音檔標準發音，專注發音、語調起伏及節奏。可以適時按下暫停，細聽每個文節的念法。● ⏸

跟讀

5 開始跟讀 約一秒後如影子般，跟隨在音檔後以同樣的速度，唸出一模一樣的發音和腔調。方式有二：

a. 看日文，約一秒後跟著音檔唸。

b. 不看日文，約一秒後跟著音檔唸。

この仕事は、僕がやらなくちゃならない。

（1秒後）この仕事は、僕がやらなくちゃならない。

Point **1** 生活情境・串聯應用場合

從「單字→單字成句→情境串連」式學習，啟動聯想，瞬間打開豐富的單字庫。

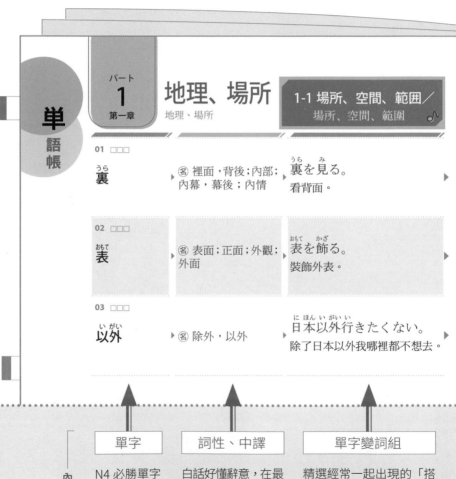

單
語
帳

パート
1
第一章

地理、場所
地理、場所

1-1 場所、空間、範囲／
場所、空間、範囲 ♪

01 □□□

うら
裏

▶ ⑧ 裡面，背後；內部；內幕，幕後；內情

うら み
裏を見る。
看背面。

02 □□□

おもて
表

▶ ⑧ 表面；正面；外觀；外面

おもて かざ
表を飾る。
裝飾外表。

03 □□□

い がい
以外

▶ ⑧ 除外，以外

に ほん い がい い
日本以外行きたくない。
除了日本以外我哪裡都不想去。

內文結構

單字	詞性、中譯	單字變詞組
N4 必勝單字全收錄，最常用的生活字彙。	白話好懂辭意，在最短時間內，迅速掌握日語單字。	精選經常一起出現的「搭配字」，掌握單字常見的表現。

Point **2** 長句「填空＋影子跟讀法」強化讀寫及口說能力

精選同級文法和詞彙的「長例句」，透過「填空練習」書寫記憶，以及「影子跟讀法」口說練習，同步強化讀寫及口說能力！

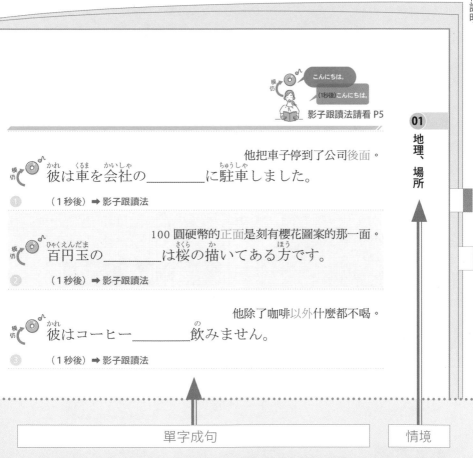

影子跟讀法請看 P5

01 地理、場所

他把車子停到了公司後面。

彼は車を会社の＿＿＿＿＿＿に駐車しました。

① （1秒後）➡ 影子跟讀法

100 圓硬幣的正面是刻有櫻花圖案的那一面。

百円玉の＿＿＿＿＿＿は桜の描いてある方です。

② （1秒後）➡ 影子跟讀法

他除了咖啡以外什麼都不喝。

彼はコーヒー＿＿＿＿＿＿飲みません。

③ （1秒後）➡ 影子跟讀法

單字成句

情境

▶ 長句「填空測驗」是將例句中的單字部分挖空，針對不熟悉的部分再次複習，學完一頁立即驗收成果，再次複習，吸收效果絕佳。

▶「影子跟讀法」連結了聲音聽覺及內容理解，讓您的日語反應能力大幅攀升，學習日本人的發音、語調、速度及口氣…等，聽力也跟著大進步。

依情境主題將單字分類串連。

CONTENTS
目錄

詞性說明

詞性	定義	例（日文／中譯）
名詞	表示人事物、地點等名稱的詞。有活用。	門(もん)／大門
形容詞	詞尾是い。說明客觀事物的性質、狀態或主觀感情、感覺的詞。有活用。	細(ほそ)い／細小的
形容動詞	詞尾是だ。具有形容詞和動詞的雙重性質。有活用。	静(しず)かだ／安静的
動詞	表示人或事物的存在、動作、行為和作用的詞。	言(い)う／說
自動詞	表示的動作不直接涉及其他事物。只說明主語本身的動作、作用或狀態。	花(はな)が咲(さ)く／花開。
他動詞	表示的動作直接涉及其他事物。從動作的主體出發。	母(はは)が窓(まど)を開(あ)ける／母親打開窗戶。
五段活用	詞尾在ウ段或詞尾由「ア段＋る」組成的動詞。活用詞尾在「ア、イ、ウ、エ、オ」這五段上變化。	持(も)つ／拿
上一段活用	「イ段＋る」或詞尾由「イ段＋る」組成的動詞。活用詞尾在イ段上變化。	見(み)る／看 起(お)きる／起床
下一段活用	「エ段＋る」或詞尾由「エ段＋る」組成的動詞。活用詞尾在エ段上變化。	寝(ね)る／睡覺 見(み)せる／讓…看
下二段活用	詞尾在ウ段・エ段或詞尾由「ウ段・エ段＋る」組成的動詞。活用詞尾在ウ段到エ段這二段上變化。	得(う)る／得到 寝(ね)る／睡覺
變格活用	動詞的不規則變化。一般指カ行「来る」、サ行「する」兩種。	来(く)る／到來 する／做
カ行變格活用	只有「来る」。活用時只在カ行上變化。	来(く)る／到來
サ行變格活用	只有「する」。活用時只在サ行上變化。	する／做
連體詞	限定或修飾體言的詞。沒活用，無法當主詞。	どの／哪個
副詞	修飾用言的狀態和程度的詞。沒活用，無法當主詞。	余(あま)り／不太…

副助詞	接在體言或部分副詞、用言等之後，增添各種意義的助詞。	～も ／也…
終助詞	接在句尾，表示說話者的感嘆、疑問、希望、主張等語氣。	か ／嗎
接續助詞	連接兩項陳述內容，表示前後兩項存在某種句法關係的詞。	ながら ／邊…邊…
接續詞	在段落、句子或詞彙之間，起承先啟後的作用。沒活用，無法當主詞。	しかし ／然而
接頭詞	詞的構成要素，不能單獨使用，只能接在其他詞的前面。	御^お～ ／貴（表尊敬及美化）
接尾詞	詞的構成要素，不能單獨使用，只能接在其他詞的後面。	～枚^{まい} ／…張（平面物品數量）
造語成份（新創詞語）	構成復合詞的詞彙。	一昨年^{いっさくねん} ／前年
漢語造語成份（和製漢語）	日本自創的詞彙，或跟中文意義有別的漢語詞彙。	風呂^{ふ ろ} ／澡盆
連語	由兩個以上的詞彙連在一起所構成，意思可以直接從字面上看出來。	赤^{あか}い傘^{かさ} ／紅色雨傘 足^{あし}を洗^{あら}う ／洗腳
慣用語	由兩個以上的詞彙因習慣用法而構成，意思無法直接從字面上看出來。常用來比喻。	足^{あし}を洗^{あら}う ／脫離黑社會
感嘆詞	用於表達各種感情的詞。沒活用，無法當主詞。	ああ ／啊（表驚訝等）
寒暄語	一般生活上常用的應對短句、問候語。	お願^{ねが}いします ／麻煩…

其他略語

呈現	詞性	呈現	詞性
對	對義詞	近	文法部分的相近文法補充
類	類義詞	補	補充説明

N4 題型分析

測驗科目（測驗時間）	試題內容			
	題型		小題題數*	分析
語言知識（25分）	文字、語彙	1 漢字讀音 ◇	7	測驗漢字語彙的讀音。
		2 假名漢字寫法 ◇	5	測驗平假名語彙的漢字寫法。
		3 選擇文脈語彙 ○	8	測驗根據文脈選擇適切語彙。
		4 替換類義詞 ○	4	測驗根據試題的語彙或說法，選擇類義詞或類義說法。
		5 語彙用法 ○	4	測驗試題的語彙在文句裡的用法。
語言知識、讀解（55分）	文法	1 文句的文法1（文法形式判斷）	13	測驗辨別哪種文法形式符合文句內容。
		2 文句的文法2（文句組構）◆	4	測驗是否能夠組織文法正確且文義通順的句子。
		3 文章段落的文法 ◆	4	測驗辨別該文句有無符合文脈。
	讀解*	4 理解內容（短文）○	3	於讀完包含學習、生活、工作相關話題或情境等，約100-200字左右的撰寫平易的文章段落之後，測驗是否能夠理解其內容。
		5 理解內容（中文）○	3	於讀完包含以日常話題或情境為題材等，約450字左右的簡易撰寫文章段落之後，測驗是否能夠理解其內容。
		6 彙整資訊 ◆	2	測驗是否能夠從介紹或通知等，約400字左右的撰寫資訊題材中，找出所需的訊息。
聽解（35分）		1 理解問題 ◇	8	於聽取完整的會話段落之後，測驗是否能夠理解其內容（於聽完解決問題所需的具體訊息之後，測驗是否能夠理解應當採取的下一個適切步驟）。
		2 理解重點 ◇	7	於聽取完整的會話段落之後，測驗是否能夠理解其內容（依據剛才已聽過的提示，測驗是否能抓住應當聽取的重點）。
		3 適切話語 ◆	5	於一面看圖示，一面聽取情境說明時，測驗是否能夠選擇適切的話語。
		4 即時應答 ◆	8	於聽完簡短的詢問之後，測驗是否能夠選擇適切的應答。

＊「小題題數」為每次測驗的約略題數，與實際測驗時的題數可能未盡相同。此外，亦有可能會變更小題題數。

＊ 有時在「讀解」科目中，同一段文章可能會有數道小題。

＊ 符號標示：「◆」舊制測驗沒有出現過的嶄新題型；「◇」沿襲舊制測驗的題型，但是更動部分形式；「○」與舊制測驗一樣的題型。

資料來源：《關於 N4 及 N5 的測驗時間、試題題數基準的變更》。2020 年 9 月 10 日，取自：https://www.jlpt.jp/tw/topics/202009091599643004.html

N4
情境分類單字

地理、場所

地理、場所

1-1 場所、空間、範囲／
場所、空間、範囲 ♪

01 □□□

うら
裏 ▸ 图 裡面，背後；內部；內幕，幕後；內情

うら　み
裏を見る。
看背面。

02 □□□

おもて
表 ▸ 图 表面；正面；外觀；外面

おもて　かざ
表を飾る。
裝飾外表。

03 □□□

い　がい
以外 ▸ 图 除外，以外

に ほん い がい い
日本以外行きたくない。
除了日本以外我哪裡都不想去。

04 □□□

うち
内 ▸ 图 …之內；…之中

うち
内からかぎをかける。
從裡面上鎖。

05 □□□

ま　なか
真ん中 ▸ 图 正中間

ま　なか　お
テーブルの真ん中に置く。
擺在餐桌的正中央。

06 □□□

まわ
周り ▸ 图 周圍，周邊

がっこう　まわ　はし
学校の周りを走る。
在學校附近跑步。

07 □□□

あいだ
間 ▸ 图 期間；間隔，距離；中間；關係；空隙

いえ　いえ　あいだ　ほそ　みち
家と家の間に細い道がある。
房子之間有小路。

参考答案 ❶ うら 裏 ❷ おもて 表 ❸ い がい 以外

他把車子停到了公司後面。

彼は車を会社の＿＿＿＿＿に駐車しました。

① （1秒後）➡ 影子跟讀法

---

100 圓硬幣的正面是刻有櫻花圖案的那一面。

百円玉の＿＿＿＿＿は桜の描いてある方です。

② （1秒後）➡ 影子跟讀法

他除了咖啡以外什麼都不喝。

彼はコーヒー＿＿＿＿＿飲みません。

③ （1秒後）➡ 影子跟讀法

一天 3 餐，其中兩餐要吃魚喔。

1日3回の食事の＿＿＿＿＿、2回は魚を食べましょう。

④ （1秒後）➡ 影子跟讀法

請把麵包盤端來，擺在餐桌的正中央。

パンのお皿を持ってきて、テーブルの＿＿＿＿＿においてください。

⑤ （1秒後）➡ 影子跟讀法

在書店大聲讀出聲音，會打擾到周遭的人。

本屋で声を出して読むと＿＿＿＿＿のお客様に迷惑です。

⑥ （1秒後）➡ 影子跟讀法

請問上次借的書已經看完了嗎？

この＿＿＿＿＿お貸しした本、もうお読みになりましたか。

⑦ （1秒後）➡ 影子跟讀法

---

④ うち　　⑤ 真ん中　　⑥ 周り　　⑦ 間

08 □□□

隅
すみ

▸ ⑧ 角落

隅から隅まで探す。
すみ　　すみ　　さが

找遍了各個角落。

---

09 □□□

手前
て まえ

▸ (名·代) 眼前；靠近自己這一邊；（當著…的）面前；我（自謙）；你（同輩或以下）

手前にある箸を取る。
て まえ　　　　　はし　と

拿起自己面前的筷子。

---

10 □□□

手元
て もと

▸ ⑧ 身邊，手頭；膝下；生活，生計

手元にない。
て もと

手邊沒有。

---

11 □□□

此方
こっ ち

▸ ⑧ 這裡，這邊

こっちの方がいい。
ほう

這邊比較好。

---

12 □□□

何方
どっ ち

▸ ㈹ 哪一個

どっちへ行こうかな。
い

去哪一邊好呢？

---

13 □□□

遠く
とお

▸ ⑧ 遠處；很遠

遠くから人が来る。
とお　　　　ひと　く

有人從遠處來。

---

14 □□□

方
ほう

▸ ⑧ …方，邊；方面；方向

庭が広いほうを買う。
にわ　ひろ　　　　　か

買院子比較大的。

參考答案　❶ 隅
すみ
　❷ 手前
て まえ
　❸ 手元
て もと

那個人偶布滿了灰塵，站在房間的角落。

その人形は、ほこりをかぶって部屋の＿＿＿＿に立っていた。

① （1秒後）➡ 影子跟讀法

從大阪旅館的招牌再往前一點，就是公園的入口。

ホテル大阪の看板の少し＿＿＿＿が公園の入り口になります。

② （1秒後）➡ 影子跟讀法

請看手邊的企畫書。

お＿＿＿＿の企画書をご覧ください。

③ （1秒後）➡ 影子跟讀法

颱風可能會撲向這邊。

台風が＿＿＿＿に来そうです。

④ （1秒後）➡ 影子跟讀法

這件和這件，該買哪一件裙子呢？

こっちとこっち、＿＿＿＿のスカートにしよう。

⑤ （1秒後）➡ 影子跟讀法

能夠遠遠地眺望山景。

＿＿＿＿に山が見えます。

⑥ （1秒後）➡ 影子跟讀法

現在比起甜食，更喜歡吃辛辣（這方面）的東西。

今は甘いものより辛いものの＿＿＿＿が好きです。

⑦ （1秒後）➡ 影子跟讀法

④ こっち　　⑤ どっち　　⑥ 遠く　　⑦ 方

15 ☐☐☐

空く
あ

〔自五〕空著；(職位)空缺；空隙；閒著；有空

席<small>せき</small>が空<small>あ</small>く。
空出位子。

1-2 地域／
地域

01 ☐☐☐

地理
ち り

〔名〕地理

地理<small>ち り</small>を研究<small>けんきゅう</small>する。
研究地理。

02 ☐☐☐

社会
しゃかい

〔名〕社會，世間

社会<small>しゃかい</small>に出<small>で</small>る。
出社會。

03 ☐☐☐

西洋
せいよう

〔名〕西洋

西洋文明<small>せいようぶんめい</small>を学<small>まな</small>ぶ。
學習西方文明。

04 ☐☐☐

世界
せ かい

〔名〕世界；天地

世界<small>せ かい</small>に知<small>し</small>られている。
聞名世界。

05 ☐☐☐

国内
こくない

〔名〕該國內部，國內

国内旅行<small>こくないりょこう</small>をする。
國內旅遊。

参考答案　①空<small>あ</small>いて　②地理<small>ち り</small>　③社会<small>しゃかい</small>

完全沒有空位，沒辦法坐。

席が全然＿＿＿＿＿＿いなくて、座れなかった。

① （1秒後）➡ 影子跟讀法

我不喜歡讀地理和歷史之類的社會科。

＿＿＿＿＿＿とか歴史とか、社会科は好きじゃありません。

② （1秒後）➡ 影子跟讀法

大學畢業後進入社會。

大学を卒業して＿＿＿＿＿＿に出る。

③ （1秒後）➡ 影子跟讀法

在西洋料理當中，你喜歡哪一種呢？

＿＿＿＿＿＿料理の中で、どの料理が好きですか。

④ （1秒後）➡ 影子跟讀法

我想去許多國家來認識這個世界。

＿＿＿＿＿＿を知るために、いろいろな国へ行ってみたい。

⑤ （1秒後）➡ 影子跟讀法

暑假在國內旅遊的人數遠遠超過出國旅遊的人數。

夏休みに＿＿＿＿＿＿旅行に行く人は海外旅行を大きく上回る。

⑥ （1秒後）➡ 影子跟讀法

④ 西洋　　　⑤ 世界　　　⑥ 国内

06 □□□

むら
村 ▶ 名 村荘，村落；郷

小さな村に住む。
住小村荘。

07 □□□

いなか
田舎 ▶ 名 郷下，農村；故
郷，老家

いなか かえ
田舎に帰る。
回家郷。

08 □□□

こうがい
郊外 ▶ 名 郊外

こうがい す
郊外に住む。
住在城外。

09 □□□

しま
島 ▶ 名 島嶼

しま わた
島へ渡る。
遠渡島上。

10 □□□

かいがん
海岸 ▶ 名 海岸

かいがん つ
海岸で釣りをする。
在海邊釣魚。

11 □□□

みずうみ
湖 ▶ 名 湖，湖泊

おお みずうみ
大きい湖がたくさんある。
有許多廣大的湖。

12 □□□

あさ
浅い ▶ 形 淺的；(事物程度)
微少；淡的；薄的

あさ かわ およ
浅い川で泳ぐ。
在淺水河流游泳。

這陣子開始有愈來愈多年輕人回到村子裡工作了。

近頃、＿＿＿＿＿＿に戻って働き始める若者が多くなってきた。

（1秒後）➡ 影子跟讀法

等我上了年紀以後想住在鄉下。

年を取ったら、＿＿＿＿＿＿に住みたいです。

（1秒後）➡ 影子跟讀法

住在郊外真有些不方便。

＿＿＿＿＿＿に住むのはちょっと不便ですね。

（1秒後）➡ 影子跟讀法

日本的島嶼多達 6852 座。

日本の＿＿＿＿＿＿の数は 6852 もあるということです。

（1秒後）➡ 影子跟讀法

從旅館到海邊只距離 300 公尺。

ホテルから＿＿＿＿＿＿まで 300 メートルしかありません。

（1秒後）➡ 影子跟讀法

琵琶湖是日本的第一大湖。

琵琶湖は日本で一番大きい＿＿＿＿＿＿です。

（1秒後）➡ 影子跟讀法

我才剛到公司上班不久，所以還沒有分派到負責的客戶。

入社してから日が＿＿＿＿＿＿ため、まだ担当はもっておりません。

（1秒後）➡ 影子跟讀法

---

4 島　　　5 海岸　　　6 湖　　　7 浅い

13 □□□

アジア　▶ ⑧ Asia，亞洲　▶ アジアに住<ruby>住<rt>す</rt></ruby>む。
住在亞洲。　▶

14 □□□

アフリカ　▶ ⑧ Africa，非洲　▶ アフリカに<ruby>遊<rt>あそ</rt></ruby>びに<ruby>行<rt>い</rt></ruby>く。
去非洲玩。　▶

15 □□□

アメリカ　▶ ⑧ America，美國　▶ アメリカへ<ruby>行<rt>い</rt></ruby>く。
去美國。　▶

16 □□□

<ruby>県<rt>けん</rt></ruby>　▶ ⑧ 縣　▶ <ruby>神奈川県<rt>かながわけん</rt></ruby>へ<ruby>行<rt>い</rt></ruby>く。
去神奈川縣。　▶

17 □□□

<ruby>市<rt>し</rt></ruby>　▶ ⑧ …市　▶ <ruby>台北市<rt>タイペイし</rt></ruby>を<ruby>訪<rt>たず</rt></ruby>ねる。
拜訪台北市。　▶

18 □□□

<ruby>町<rt>ちょう</rt></ruby>　▶ (名・漢造) 鎮　▶ <ruby>石川町<rt>いしかわちょう</rt></ruby>に<ruby>住<rt>す</rt></ruby>んでいた。
住過石川町。　▶

19 □□□

<ruby>坂<rt>さか</rt></ruby>　▶ ⑧ 斜坡　▶ <ruby>坂<rt>さか</rt></ruby>を<ruby>下<rt>お</rt></ruby>りる。
下坡。　▶

参考答案　❶ アジア　❷ アフリカ　❸ アメリカ

這種商品的外銷範圍遍及<u>亞洲</u>，甚至遠至非洲。

この製品は＿＿＿＿＿から、アフリカまで輸出されて
います。

① （1秒後）➡ 影子跟讀法

第一次出國旅遊去了非洲。

初めての海外旅行は、＿＿＿＿＿に行きました。

② （1秒後）➡ 影子跟讀法

聽說你明年要到位在美國的公司上班吧。

来年から＿＿＿＿＿にある会社に行くそうですね。

③ （1秒後）➡ 影子跟讀法

據說日本有 47 個都道府縣。

日本の都道府＿＿＿＿＿は 47 あるそうです。

④ （1秒後）➡ 影子跟讀法

垃圾請裝在市政府規定的袋子裡再拿出來丟。

ゴミは、＿＿＿＿＿が決めた袋に入れて出しなさい。

⑤ （1秒後）➡ 影子跟讀法

他被選為松木鎮的鎮長。

彼は松の木＿＿＿＿＿の町長に選ばれた。

⑥ （1秒後）➡ 影子跟讀法

那男人上氣不接下氣地爬上了山坡。

男が息を切らせて、＿＿＿＿＿を登ってきた。

⑦ （1秒後）➡ 影子跟讀法

---

④ 県　　⑤ 市　　⑥ 町　　⑦ 坂

01 □□□

さっき ▶ (名・副) 剛剛，剛才

さっきから待っている。
從剛才就在等著你。 ▶

02 □□□

夕べ ▶ (名) 昨晚；傍晚

夕べはありがとうございました。
昨晚謝謝您。 ▶

03 □□□

この間 ▶ (副) 最近；前幾天

この間借りたお金を返す。
歸還上次借的錢。 ▶

04 □□□

最近 ▶ (名・副) 最近

彼は最近結婚した。
他最近結婚了。 ▶

05 □□□

最後 ▶ (名) 最後

最後に帰る。
最後一個離開。 ▶

06 □□□

最初 ▶ (名) 最初，首先

最初に校長の挨拶がある。
首先由校長致詞。 ▶

07 □□□

昔 ▶ (名) 以前

昔の友達と会う。
跟以前的朋友碰面。 ▶

參考答案　　① さっき　　② 夕べ　　③ この間

我才剛到。

＿＿＿＿＿＿来たばかりです。

① （1秒後）➡ 影子跟讀法

昨天深夜收到一通陌生號碼打來的電話，我沒有接聽。

＿＿＿＿＿＿遅く電話がかかってきたが、知らない番号だったので、出なかった。

② （1秒後）➡ 影子跟讀法

上次借的錢，你應該可以還了吧？

＿＿＿＿＿＿貸したお金、返してもらえるんでしょうね。

③ （1秒後）➡ 影子跟讀法

近來的年輕人成天抱怨連連。

＿＿＿＿＿＿の若い人は、文句ばかり言う。

④ （1秒後）➡ 影子跟讀法

最後離開的人請關室內燈。

＿＿＿＿＿＿に帰る人は、部屋の電気を消してください。

⑤ （1秒後）➡ 影子跟讀法

直走，在第一個街角右轉。

まっすぐ行って、＿＿＿＿＿＿の角を右に曲がります。

⑥ （1秒後）➡ 影子跟讀法

這座城鎮變得非常安靜，和以前不一樣了。

この町は、＿＿＿＿＿＿と違ってとても静かになりました。

⑦ （1秒後）➡ 影子跟讀法

④ 最近　　⑤ 最後　　⑥ 最初　　⑦ 昔

08 □□□

ただいま・ただいま
唯今・只今 ▶ 副 現在;馬上,剛才; ただいまお調べします。
我回來了 現在立刻為您查詢。

09 □□□

こんや
今夜 ▶ 名 今晚 今夜はホテルに泊まる。
今晚住飯店。

10 □□□

あす
明日 ▶ 名 明天 明日の朝出発する。
明天早上出發。

11 □□□

こんど
今度 ▶ 名 這次;下次;以 今度お宅に遊びに行って
後 もいいですか。
下次可以到府上玩嗎？

12 □□□

さらいげつ
再来月 ▶ 名 下下個月 再来月また会う。
下下個月再見。

13 □□□

さらいしゅう
再来週 ▶ 名 下下星期 再来週まで待つ。
等到下下週為止。

14 □□□

しょうらい
将来 ▶ 名 將來 将来は外国で働くつもり
です。
我將來打算到國外工作。

現在立刻為您查詢，敬請稍候。

_____お調べしますので、お待ちください。

① （1秒後）➡ 影子跟讀法

今天晚上一起去喝兩杯吧！

_____、飲みに行こうよ。

② （1秒後）➡ 影子跟讀法

我明天下午不在家。

_____の午後は、家におりません。

③ （1秒後）➡ 影子跟讀法

我打算在這個週末看全套共 28 集的漫畫。

_____の土日は、全 28 巻の漫画を読もうと思っている。

④ （1秒後）➡ 影子跟讀法

下下個月就要結婚了，現在還在找婚宴地點。

_____結婚するので、今会場を探しているところです。

⑤ （1秒後）➡ 影子跟讀法

等下下星期票券送來之後再拿去學校轉交給你。

_____、チケットが送られてきたら、学校で渡します。

⑥ （1秒後）➡ 影子跟讀法

將來他會成為了不起的人吧！

_____は、立派な人におなりになるだろう。

⑦ （1秒後）➡ 影子跟讀法

④ 今度　　⑤ 再来月　　⑥ 再来週　　⑦ 将来

2-2 時間、時、時刻／
時間、時候、時刻 ♪

01 □□□

とき
時 ▶ ⑧ …時，時候 ▶ あの時はごめんなさい。
當時真的很抱歉。

02 □□□

ひ
日 ▶ ⑧ 天，日子 ▶ 日が経つのが早い。
時間過得真快。

03 □□□

とし
年 ▶ ⑧ 年齡；一年 ▶ 私も年をとりました。
我也老了。

04 □□□

はじ
始める ▶ 他下一 開始；開創；
發（老毛病） ▶ 昨日から日本語の勉強を
始めました。
從昨天開始學日文。

05 □□□

お
終わり ▶ ⑧ 結束，最後 ▶ 番組は今月で終わる。
節目將在這個月結束。

06 □□□

いそ
急ぐ ▶ 自五 快，急忙，趕緊 ▶ 急いで逃げる。
趕緊逃跑。

07 □□□

す
直ぐに ▶ 副 馬上 ▶ すぐに帰る。
馬上回來。

買鞋子的時候最好試穿，並且走幾步看看比較好喔！

① 靴を買う＿＿＿＿＿は、履いて少し歩いてみるといいですよ。
（1秒後）➡ 影子跟讀法

那一天，父親離開家就沒再回來了。

② その＿＿＿＿＿、父は家を出たまま、帰らなかった。
（1秒後）➡ 影子跟讀法

立春的前一天最好吃下和年紀相同數量的豆子。

③ 節分には、＿＿＿＿＿の数だけ豆を食べるとよい。
（1秒後）➡ 影子跟讀法

因為想要改變自己，所以打算開始學習英語會話。

④ 自分を変えたいから、英会話を＿＿＿＿＿ようと思っています。
（1秒後）➡ 影子跟讀法

終了是指結束的意思。

⑤ 最終は＿＿＿＿＿という意味です。
（1秒後）➡ 影子跟讀法

不好意思，請問什麼時候可以完成呢？我時間有點趕。

⑥ あの、これ、いつできますか。ちょっと＿＿＿＿＿るんですけど。
（1秒後）➡ 影子跟讀法

電車正要啟動，卻又馬上停了下來。

⑦ 電車は、動き出したと思ったら、また＿＿＿＿＿止まった。
（1秒後）➡ 影子跟讀法

④ 始め　　　⑤ 終わり　　　⑥ 急いで　　　⑦ すぐに

08 □□□

間に合う
ま　あ

▶ (自五) 來得及，趕得上；
夠用

▶ 飛行機に間に合う。
ひこうき　ま　あ
趕上飛機。 ▶

09 □□□

朝寝坊
あさ　ね　ぼう

▶ (名・自サ) 賴床；愛賴
床的人

▶ 朝寝坊して遅刻してしまった。
あさねぼう　　　ちこく
早上睡過頭，遲到了。 ▶

10 □□□

起こす
お

▶ (他五) 扶起；叫醒；發
生；引起；翻起

▶ 明日7時に起こしてください。
あした　じ　お
請明天7點叫我起來。 ▶

11 □□□

昼間
ひる　ま

▶ (名) 白天

▶ 昼間働いている。
ひる　ま　はたら
白天都在工作。 ▶

12 □□□

暮れる
く

▶ (自下一) 日暮，天黑；
到了尾聲，年終

▶ 秋が暮れる。
あき　く
秋暮。 ▶

13 □□□

此の頃
こ　ごろ

▶ (副) 最近

▶ このごろ元気がないね。
げん　き
最近看起來沒什麼精神呢。 ▶

14 □□□

時代
じ　だい

▶ (名) 時代；潮流；歷
史

▶ 時代が違う。
じ　だい　ちが
時代不同。 ▶

參考答案　❶ 間に合いませんで
ま　あ
した　❷ 朝寝坊した
あさねぼう　❸ 起こす
お

我都已經搭計程車去了，還是來不及趕上酒會。

タクシーで行ったのに、パーティーに_____。

① （1秒後）➡ 影子跟讀法

早上睡過頭了，結果來不及搭上新幹線。

_____せいで、新幹線に乗れなかった。

② （1秒後）➡ 影子跟讀法

在日本自古遙傳鯰魚一但異常暴動就會引起地震。

昔、日本では、鯰が地震を_____と言われていました。

③ （1秒後）➡ 影子跟讀法

原本以為白天時段會很擁擠，結果一個人也沒有。

_____だから込んでいると思いましたが、一人もいませんでした。

④ （1秒後）➡ 影子跟讀法

太陽都下山了，孩子還沒有回來。

日が_____のに、子どもが帰って来ません。

⑤ （1秒後）➡ 影子跟讀法

最近不是地震就是颱風，好恐怖喔！

_____、地震とか台風とかが多くて怖いね。

⑥ （1秒後）➡ 影子跟讀法

這個時代，不會說英語還是不行。

今の_____、やはり英語は話せないといけない。

⑦ （1秒後）➡ 影子跟讀法

④ 昼間　　⑤ 暮れた　　⑥ このごろ　　⑦ 時代

日常の挨拶、人物

日常招呼、人物

01 ☐☐☐

行って参り ます | 寒暄 我走了 ▶ | では、行って参ります。
那我走了。 ▶

02 ☐☐☐

行ってらっ しゃい | 寒暄 路上小心・慢走，好走 ▶ | 気をつけていってらっしゃい。
小心慢走。 ▶

03 ☐☐☐

お帰りなさ い | 寒暄 （你）回來了 ▶ | お帰りなさいと大きな声で言った。
大聲說：「回來啦！」 ▶

04 ☐☐☐

よくいらっ しゃいまし た | 寒暄 歡迎光臨 ▶ | 暑いのに、よくいらっしゃいましたね。
這麼熱，感謝您能蒞臨。 ▶

05 ☐☐☐

お陰 | 寒暄 託福；承蒙關照 ▶ | あなたのおかげです。
託你的福。 ▶

06 ☐☐☐

お陰様で | 寒暄 託福，多虧 ▶ | おかげさまで元気です。
托你的福，我很好。 ▶

07 ☐☐☐

お大事に | 寒暄 珍重，請多保重 ▶ | 風邪が早く治るといいですね。お大事に。
希望你感冒能快好起來。多保重啊！ ▶

参考答案　❶ 行ってまいります　❷ 行ってらっしゃい　❸ お帰りなさい

報告總經理，我現在要出發去接山下先生。

① 社長、今から山下さんを迎えに＿＿＿＿＿＿＿。

（1秒後）➡ 影子跟讀法

路上小心。傘帶了沒？

② ＿＿＿＿＿＿＿。傘は持ったの？

（1秒後）➡ 影子跟讀法

你回來啦。要不要喝杯茶？

③ ＿＿＿＿＿＿。お茶でも飲みますか。

（1秒後）➡ 影子跟讀法

想當年，那位人士經常光臨舍下。然後，我總會說著「哎呀，歡迎您大駕光臨」上前迎接。

④ あの方は、その頃、私の家によくいらっしゃいました。そして、私はいつも「まあまあ、＿＿＿＿＿＿＿＿」と迎えました。

（1秒後）➡ 影子跟讀法

「託您的福」是用來向對方表達謝意的話語。

⑤ 「あなたの＿＿＿＿＿＿＿です」は、いいことについて相手に感謝を伝える言葉です。

（1秒後）➡ 影子跟讀法

「近來可好？」「託福、託福！」

⑥ 「お元気ですか？」「はい、＿＿＿＿＿＿。」

（1秒後）➡ 影子跟讀法

請務必多保重，希望早日恢復健康。

⑦ どうか＿＿＿＿＿＿、1日も早くお元気になられますように。

（1秒後）➡ 影子跟讀法

---

④ よくいらっしゃいました　⑤ おかげ　⑥ おかげさまで　⑦ お大事に

08 □□□

畏まりました
> (寒暄) 知道・了解（「わかる」謙譲語）
> はい、かしこまりました。
> 好・知道了。

09 □□□

お待たせしました
> (寒暄) 讓您久等了
> お待たせしました。お入りください。
> 讓您久等了。請進。

10 □□□

お目出度うございます
> (寒暄) 恭喜
> ご結婚おめでとうございます。
> 結婚恭喜恭喜！

11 □□□

それはいけませんね
> (寒暄) 那可不行
> それはいけませんね。お大事にしてね。
> （生病啦）那可不得了了。多保重啊！

12 □□□

ようこそ
> (寒暄) 歡迎
> ようこそ、おいで下さいました。
> 衷心歡迎您的到來。

3-2 いろいろな人を表す言葉／
各種人物的稱呼

01 □□□

お子さん
> (名) 您孩子・令郎・令嬡
> お子さんはおいくつですか。
> 您的孩子幾歲了呢？

参考答案　❶ かしこまりました　❷ お待たせしました　❸ おめでとうございます

瞭解了，後天之前會交給您。

_____。あさってまでにお渡ししします。

① （1秒後）➡ 影子跟讀法

讓您久等了，請坐。

_____。どうぞお座りください。

② （1秒後）➡ 影子跟讀法

「老實說，我即將調任到東京的總公司上班。」「哇，總公司！真是恭喜！」

「実は東京の本社に転勤なんです。」「本社ですか。
それは_____。」

③ （1秒後）➡ 影子跟讀法

「我常常頭痛。」「那可真糟糕，說不定生病了！」

「ときどき頭が痛くなるんです。」「_____。
病気かもしれませんよ。」

④ （1秒後）➡ 影子跟讀法

歡迎光臨。

_____、いらっしゃいませ。

⑤ （1秒後）➡ 影子跟讀法

請問您會讓孩子幫忙洗衣服或是掃地等家務嗎？

洗濯とか、掃除とか、_____にさせるんですか。

⑥ （1秒後）➡ 影子跟讀法

④ それはいけません
ね　⑤ ようこそ　⑥ お子さん

02 □□□

息子さん むすこ ▶ 名（尊稱他人的）令郎 ▶ ご立派な息子さんですね。りっぱ むすこ
您兒子真是出色啊！

03 □□□

娘さん むすめ ▶ 名 您女兒，令嬡 ▶ 娘さんはあなたに似ている。むすめ に
令千金長得像您。

04 □□□

お嬢さん じょう ▶ 名 您女兒，令嬡；小姐；千金小姐 ▶ お嬢さんはとても美しい。じょう うつく
令千金長得真美。

05 □□□

高校生 こうこうせい ▶ 名 高中生 ▶ 高校生を対象にする。こうこうせい たいしょう
以高中生為對象。

06 □□□

大学生 だいがくせい ▶ 名 大學生 ▶ 大学生になる。だいがくせい
成為大學生。

07 □□□

先輩 せんぱい ▶ 名 學姐，學長；老前輩 ▶ 先輩におごってもらった。せんぱい
讓學長破費了。

08 □□□

客 きゃく ▶ 名 客人；顧客 ▶ 客を迎える。きゃく むか
迎接客人。

這位是山田老師的夫人，然後這一位是他們的少爺小誠。

① こちらが、山田先生の奥さん。で、こっちが＿＿＿＿＿＿＿の誠君。
（1秒後）➡ 影子跟讀法

令千金長得像您，可愛極了。

② ＿＿＿＿＿＿＿はあなたに似て、とてもかわいいです。
（1秒後）➡ 影子跟讀法

您的大千金和二千金都比母親長得高，兩位都是高中生嗎？

③ 上の＿＿＿＿＿＿＿たち二人はお母さんより大きいですけど、高校生ですか。
（1秒後）➡ 影子跟讀法

不可以將香菸賣給高中生。

④ ＿＿＿＿＿＿＿には煙草を売ってはいけません。
（1秒後）➡ 影子跟讀法

既然是大學生，這種程度的書應該看得懂吧？

⑤ ＿＿＿＿＿＿＿なら、このくらいの本は読めるだろう。
（1秒後）➡ 影子跟讀法

今天讓學長破費了。

⑥ 今日は＿＿＿＿＿＿＿におごってもらった。
（1秒後）➡ 影子跟讀法

要前往大森的乘客，請在中山站的第3月台搭乘電車。

⑦ 大森へいらっしゃるお＿＿＿＿＿＿＿様は、中山駅で、3番線の電車にお乗りください。
（1秒後）➡ 影子跟讀法

---

④ 高校生　　⑤ 大学生　　⑥ 先輩　　⑦ 客

09 □□□

てんいん
店員 ▸ ㊂ 店員

てんいん　よ
店員を呼ぶ。
叫喚店員。 ▸

10 □□□

しゃちょう
社長 ▸ ㊂ 社長，總經理

しゃちょう
社長になる。
當上總經理。

11 □□□

かね も
お金持ち ▸ ㊂ 有錢人

かね も
お金持ちになる。
變成有錢人。 ▸

12 □□□

し みん
市民 ▸ ㊂ 市民，公民

し みん　せいかつ　まも
市民の生活を守る。
捍衛市民的生活。 ▸

13 □□□

きみ
君 ▸ ㊂ 你（男性對同輩
以下的親密稱呼）

きみ
君にあげる。
給你。 ▸

14 □□□

いん
員 ▸ ㊂ 人員；人數；成員；…員

こう む いん
公務員になりたい。
想當公務員。 ▸

15 □□□

かた
方 ▸ ㊂ （敬）人

かた
あちらの方はどなたです
か。
那是哪位呢？ ▸

店員：「要不要幫您裝袋？」顧客：「不必，我直接帶走就好。」

① _____：「袋に入れますか。」客：「いいえ、そのままでいいです。」

（1秒後）➡ 影子跟讀法

②　未來的夢想是成為一家大公司的總經理。

将来の夢は、大きい会社の_____になることです。

（1秒後）➡ 影子跟讀法

③　她雖然那麼富有，但並不幸福。

彼女はあんなに_____なのに幸せではない。

（1秒後）➡ 影子跟讀法

④　由於老屋遭到市政府拆除，因而引發了市民的強烈抗議。

古い家屋が市政府によって取り壊されたため、_____らが強く抗議した。

（1秒後）➡ 影子跟讀法

⑤　我負責那邊的事，寒暄接待就交給你去。

僕がそっちをやるから、あいさつは_____が行ってくれ。

（1秒後）➡ 影子跟讀法

⑥　我急著衝進房間裡一看，已經全員到齊了。

急いで部屋に入ったところ、もう全_____が集まっていた。

（1秒後）➡ 影子跟讀法

⑦　新來的老師，好像是那邊的那位。

新しい先生は、あそこにいる_____らしい。

（1秒後）➡ 影子跟讀法

④ 市民　　⑤ 君　　⑥ 員　　⑦ 方

3-3 男女／
男女 ♪

01 □□□

だんせい
男性 ▶ 名 男性

だんせい ふく ほんかん かい
男性の服は本館の４階だ。
紳士服專櫃位於本館４樓。

02 □□□

じょせい
女性 ▶ 名 女性

うつく じょせい つ
美しい女性を連れている。
帶著漂亮的女生。

03 □□□

かのじょ
彼女 ▶ 名 她；女朋友

かのじょ
彼女ができる。
交到女友。

04 □□□

かれ
彼 ▶ 名・代 他；男朋友

かれ もの
それは彼の物だ。
那是他的東西。

05 □□□

かれ し
彼氏 ▶ 名・代 男朋友；他

かれ し
彼氏がいる。
我有男朋友。

06 □□□

かれ ら
彼等 ▶ 名・代 他們

かれ きょうだい
彼らは兄弟だ。
他們是兄弟。

07 □□□

じんこう
人口 ▶ 名 人口

じんこう おお
人口が多い。
人口很多。

那裡的那位男性，是我們的老師。

そこにいる＿＿＿＿＿が、私たちの先生です。

① （1秒後）➡ 影子跟讀法

會場裡也看到了身穿日本和服的女性。

会場には日本の着物を着た＿＿＿＿＿も見えました。

② （1秒後）➡ 影子跟讀法

一聊起往事，她哭了出來。

昔の話をしたら、＿＿＿＿＿は泣き出した。

③ （1秒後）➡ 影子跟讀法

他擁有多達3輛車子。

＿＿＿＿＿は3台も車を持っています。

④ （1秒後）➡ 影子跟讀法

裕子小姐在哭，聽說是和男友吵架了。

裕子さんが泣いている。＿＿＿＿＿とけんかしたらしい。

⑤ （1秒後）➡ 影子跟讀法

他們為了這個問題已經持續討論一個月了。

＿＿＿＿＿はこの問題について、1ヶ月も話し合っている。

⑥ （1秒後）➡ 影子跟讀法

東京的人口應該已經超過一千萬人了。

東京の＿＿＿＿＿は、1000万人以上のはずだ。

⑦ （1秒後）➡ 影子跟讀法

④ 彼　　　⑤ 彼氏　　　⑥ 彼ら　　　⑦ 人口

08 □□□

皆
（みな）
▶ 名 大家；所有的

皆が集まる。
（みな　あつ）
大家齊聚一堂。 ▶

09 □□□

集まる
（あつ）
自五 聚集，集合

女性が集まってくる。
（じょせい　あつ）
女性聚集過來。 ▶

10 □□□

集める
（あつ）
▶ 他下一 集合；收集；集中

男性の視線を集める。
（だんせい　しせん　あつ）
聚集男性視線。 ▶

11 □□□

連れる
（つ）
▶ 他下一 帶領，帶著

友達を連れて来る。
（ともだち　つ　く）
帶朋友來。 ▶

12 □□□

欠ける
（か）
▶ 自下一 缺損；缺少

女が一名欠ける。
（おんな　いちめい　か）
缺一位女性。 ▶

3-4 老人、子ども、家族／
老人、小孩、家人 ♪

01 □□□

祖父
（そふ）
▶ 名 祖父，外祖父

祖父に会う。
（そふ　あ）
和祖父見面。 ▶

参考答案　❶ 皆（みな）　❷ 集まって（あつ）　❸ 集めます（あつ）

這條街一直深受大家的喜愛。

この街は、_____に愛されてきました。

① （1秒後）➡ 影子跟讀法

因為早上8點半要出發，最晚請於8點20分之前在旅館門口集合。

8時半に出発しますから、20分までにホテルの前に_____ください。

② （1秒後）➡ 影子跟讀法

為了寫論文而蒐集資料。

論文を書くために、資料を_____。

③ （1秒後）➡ 影子跟讀法

昨天帶孩子去了醫院。

昨日は子どもを病院へ_____行きました。

④ （1秒後）➡ 影子跟讀法

咬下一口堅硬的烤餅後，左上方的牙齒缺了一角。

硬い煎餅を噛んだら、左上の歯が_____しまいました。

⑤ （1秒後）➡ 影子跟讀法

我要帶爺爺去東京観光。

_____を東京見物に連れて行く。

⑥ （1秒後）➡ 影子跟讀法

④ 連れて   ⑤ 欠けて   ⑥ 祖父

02 ☐☐☐

そ ぼ
祖母 ▶ 图 祖母，外祖母，奶奶，外婆 ▶ 祖母が亡くなる。
祖母過世。 ▶

03 ☐☐☐

おや
親 ▶ 图 父母；祖先；主根；始祖 ▶ 親の仕送りを受ける。
讓父母寄送生活費。 ▶

04 ☐☐☐

おっと
夫 ▶ 图 丈夫 ▶ 夫の帰りを待つ。
等待丈夫回家。 ▶

05 ☐☐☐

しゅじん
主人 ▶ 图 老公，（我）丈夫，先生；主人 ▶ 主人を支える。
支持丈夫。 ▶

06 ☐☐☐

つま
妻 ▶ 图 （對外稱自己的）妻子，太太 ▶ 妻と喧嘩する。
跟妻子吵架。 ▶

07 ☐☐☐

か ない
家内 ▶ 图 （自己的）妻子 ▶ 家内に相談する。
和妻子討論。 ▶

08 ☐☐☐

こ
子 ▶ 图 孩子 ▶ 子を生む。
生小孩。 ▶

参考答案　 1 祖母　 2 親　 3 夫

奶奶喜歡下廚，時常教我做菜。

_____が料理が好きで、よく私に教えてくれた。

① （1秒後）➡ 影子跟讀法

由於遭到父母的反對，以致於無法和她結婚了。

_____に反対されて、彼女と結婚できなかった。

② （1秒後）➡ 影子跟讀法

我先生只「嗯、嗯」隨口敷衍，根本沒有仔細聽我說什麼。

_____は「うん、うん」と適当に返事をして、私の話を
ちゃんと聞いてくれません。

③ （1秒後）➡ 影子跟讀法

您先生住院了嗎？真糟糕呀。

ご_____、入院なさったんですか。それはいけま
せんね。

④ （1秒後）➡ 影子跟讀法

生日時，太太送了我手套。

誕生日に、_____から手袋をもらった。

⑤ （1秒後）➡ 影子跟讀法

內人出門了，現在不在家。

_____は出かけていて、今おりません。

⑥ （1秒後）➡ 影子跟讀法

我家的孩子不可能做壞事！

うちの_____が、悪いことをするはずがありませ
ん。

⑦ （1秒後）➡ 影子跟讀法

④ 主人　　⑤ 妻　　⑥ 家内　　⑦ 子

09 ☐☐☐

<ruby>赤<rt>あか</rt></ruby>ちゃん ▶ ⑧ 嬰兒

<ruby>赤<rt>あか</rt></ruby>ちゃんはよく<ruby>泣<rt>な</rt></ruby>く。
小寶寶很愛哭。 ▶

10 ☐☐☐

<ruby>赤<rt>あか</rt></ruby>ん<ruby>坊<rt>ぼう</rt></ruby> ▶ ⑧ 嬰兒；不暗世故的人

<ruby>赤<rt>あか</rt></ruby>ん<ruby>坊<rt>ぼう</rt></ruby>みたいだ。
像嬰兒似的。 ▶

11 ☐☐☐

<ruby>育<rt>そだ</rt></ruby>てる ▶ (他下一) 撫育，培植；培養

<ruby>子<rt>こ</rt></ruby>どもを<ruby>育<rt>そだ</rt></ruby>てる。
培育子女。 ▶

12 ☐☐☐

<ruby>子<rt>こ</rt></ruby><ruby>育<rt>そだ</rt></ruby>て ▶ (名・自サ) 養育小孩，育兒

<ruby>子<rt>こ</rt></ruby><ruby>育<rt>そだ</rt></ruby>てが<ruby>終<rt>お</rt></ruby>わる。
完成了養育小孩的任務。 ▶

13 ☐☐☐

<ruby>似<rt>に</rt></ruby>る ▶ (自上一) 相像，類似

<ruby>性格<rt>せいかく</rt></ruby>が<ruby>似<rt>に</rt></ruby>ている。
個性相似。 ▶

14 ☐☐☐

<ruby>僕<rt>ぼく</rt></ruby> ▶ ⑧ 我（男性用）

<ruby>僕<rt>ぼく</rt></ruby>には<ruby>僕<rt>ぼく</rt></ruby>の<ruby>夢<rt>ゆめ</rt></ruby>がある。
我有我的理想。 ▶

聽說動物園裡有隻熊寶寶誕生了。

動物園で、熊の＿＿＿＿＿＿＿が生まれたそうです。

① （1秒後）➡ 影子跟讀法

媽媽幫小寶寶洗了澡。

お母さんは＿＿＿＿＿＿＿を風呂に入れた。

② （1秒後）➡ 影子跟讀法

我養大了5個孩子。

私は子どもを5人＿＿＿＿＿＿＿。

③ （1秒後）➡ 影子跟讀法

等養育小孩的任務告一段落，我想要到研究所進修。

＿＿＿＿＿＿＿が終わったら、大学院に入ろうと思っている。

④ （1秒後）➡ 影子跟讀法

女兒像媽媽一樣頭腦聰明。

母親に＿＿＿＿＿＿＿、娘もまた頭がいい。

⑤ （1秒後）➡ 影子跟讀法

這個工作非我做不行。

この仕事は、＿＿＿＿＿＿＿がやらなくちゃならない。

⑥ （1秒後）➡ 影子跟讀法

④ 子育て　　⑤ 似て　　⑥ 僕

3-5 態度、性格／
態度、性格 ♪

---

01 □□□

しんせつ
親切 ▸ (名・形動) 親切，客氣 ▸

しんせつ
親切になる。
變得親切。 ▸

---

02 □□□

ていねい
丁寧 ▸ (名・形動) 客氣；仔細；
尊敬

ていねい　よ
丁寧に読む。
仔細閱讀。 ▸

---

03 □□□

ねっしん
熱心 ▸ (名・形動) 專注，熱衷；
熱心；熱衷；熱情

し ごと　ねっしん
仕事に熱心だ。
熱衷於工作。 ▸

---

04 □□□

ま じ め
真面目 ▸ (名・形動) 認真；誠實

ま じ め　ひと　おお
真面目な人が多い。
有很多認真的人。 ▸

---

05 □□□

いっしょうけんめい
一生懸命 ▸ (副・形動) 拼命地，努力
地；一心

いっしょうけんめい　はたら
一生懸命に働く。
拼命地工作。 ▸

---

06 □□□

やさ
優しい ▸ (形) 溫柔的，體貼的；
柔和的；親切的

ひと
人にやさしくする。
殷切待人。 ▸

---

07 □□□

てきとう
適当 ▸ (名・自サ・形動) 適當；
適度；隨便

てきとう　き かい　おこな
適当な機会に行う。
在適當的機會舉辦。 ▸

参考答案　① 親切　② 丁寧　③ 熱心

小誠體格壯碩又待人親切，是個很有男子氣魄的人。

まこと<ruby>君<rt>くん</rt></ruby>は<ruby>体<rt>からだ</rt></ruby>が<ruby>大<rt>おお</rt></ruby>きくて、＿＿＿＿＿＿＿で、とても<ruby>男<rt>おとこ</rt></ruby>らしい<ruby>人<rt>ひと</rt></ruby>です。

① （1秒後）➡ 影子跟讀法

請更用心寫字。

<ruby>字<rt>じ</rt></ruby>はもっと＿＿＿＿＿＿＿に<ruby>書<rt>か</rt></ruby>きなさい。

② （1秒後）➡ 影子跟讀法

中山同學和高橋同學一樣正在用功讀書。

<ruby>中山<rt>なかやま</rt></ruby>さんは<ruby>高橋<rt>たかはし</rt></ruby>さんと<ruby>同<rt>おな</rt></ruby>じくらい＿＿＿＿＿＿＿に<ruby>勉強<rt>べんきょう</rt></ruby>している。

③ （1秒後）➡ 影子跟讀法

那麼認真的亞里小姐總不可能去玩吧？

まさか、＿＿＿＿＿＿＿アリさんが<ruby>遊<rt>あそ</rt></ruby>びに<ruby>行<rt>い</rt></ruby>くはずがありませんよ。

④ （1秒後）➡ 影子跟讀法

為了妻子和兒女而拚命工作。

<ruby>妻<rt>つま</rt></ruby>と<ruby>子<rt>こ</rt></ruby>どものために、＿＿＿＿＿＿＿<ruby>働<rt>はたら</rt></ruby>いている。

⑤ （1秒後）➡ 影子跟讀法

我不知道她是那麼貼心的人。

<ruby>彼女<rt>かのじょ</rt></ruby>があんなに＿＿＿＿＿＿＿<ruby>人<rt>ひと</rt></ruby>だとは<ruby>知<rt>し</rt></ruby>りませんでした。

⑥ （1秒後）➡ 影子跟讀法

請從下列3個選項中挑選適切的答案。

<ruby>次<rt>つぎ</rt></ruby>の<ruby>三<rt>みっ</rt></ruby>つの<ruby>選択肢<rt>せんたくし</rt></ruby>から＿＿＿＿＿＿＿ものを<ruby>選<rt>えら</rt></ruby>びなさい。

⑦ （1秒後）➡ 影子跟讀法

④ <ruby>真面目<rt>まじめ</rt></ruby>な　　⑤ <ruby>一生懸命<rt>いっしょうけんめい</rt></ruby>　　⑥ <ruby>優<rt>やさ</rt></ruby>しい　　⑦ <ruby>適当<rt>てきとう</rt></ruby>な

08 □□□

可笑しい
<ruby>可<rt>お</rt></ruby><ruby>笑<rt>か</rt></ruby>しい

▸ ㊡ 奇怪的，可笑的；可疑的，不正常的

頭がおかしい。
<ruby>頭<rt>あたま</rt></ruby>がおかしい。
腦子不正常。

▸

09 □□□

細かい
<ruby>細<rt>こま</rt></ruby>かい

▸ ㊡ 細小；仔細；無微不至

考えが細かい。
<ruby>考<rt>かんが</rt></ruby>えが<ruby>細<rt>こま</rt></ruby>かい。
想得仔細。

▸

10 □□□

騒ぐ
<ruby>騒<rt>さわ</rt></ruby>ぐ

▸ ㊣㊄ 吵鬧，喧囂；慌亂，慌張；激動

胸が騒ぐ。
<ruby>胸<rt>むね</rt></ruby>が<ruby>騒<rt>さわ</rt></ruby>ぐ。
心慌意亂。

▸

11 □□□

酷い
<ruby>酷<rt>ひど</rt></ruby>い

▸ ㊡ 殘酷；過分；非常；嚴重，猛烈

彼は酷い人だ。
<ruby>彼<rt>かれ</rt></ruby>は<ruby>酷<rt>ひど</rt></ruby>い<ruby>人<rt>ひと</rt></ruby>だ。
他是個殘酷的人。

▸

3-6 人間関係／
人際關係

01 □□□

関係
<ruby>関係<rt>かんけい</rt></ruby>

▸ ㊅ 關係；影響

関係がある。
<ruby>関係<rt>かんけい</rt></ruby>がある。
有關係；有影響；發生關係。

▸

02 □□□

紹介
<ruby>紹介<rt>しょうかい</rt></ruby>

▸ ㊅・㊌㊚ 介紹

両親に紹介する。
<ruby>両親<rt>りょうしん</rt></ruby>に<ruby>紹介<rt>しょうかい</rt></ruby>する。
介紹給父母。

▸

参考答案　❶ おかしい　❷ <ruby>細<rt>こま</rt></ruby>かく　❸ <ruby>騒<rt>さわ</rt></ruby>いで

電腦不太對勁。可以顯示平假名，但是無法顯示片假名。

模
仿 コンピューターが＿＿＿＿＿。平仮名（ひらがな）は出（で）るんだけ
ど、片仮名（かたかな）が出（で）なくなっちゃった。

① （1秒後）➡ 影子跟讀法

把蔬菜切碎。

模
仿 野菜（やさい）を＿＿＿＿＿切（き）る。

② （1秒後）➡ 影子跟讀法

車站前擠著一群人鬧哄哄的，好像發生意外了。

模
仿 駅前（えきまえ）で人（ひと）が＿＿＿＿＿いる。事故（じこ）があったらしい。

③ （1秒後）➡ 影子跟讀法

「好大的雨呀！」「聽說颱風快來了喔。」

模
仿 「＿＿＿＿＿雨（あめ）ですね。」「台風（たいふう）が来（き）ているらしいで
すよ。」

④ （1秒後）➡ 影子跟讀法

非工作（相關）人員禁止進入。

模
仿 ＿＿＿＿＿者（しゃ）以外（いがい）は立（た）ち入（い）り禁止（きんし）です。

⑤ （1秒後）➡ 影子跟讀法

介紹符合客戶需求的旅遊行程。

模
仿 お客様（きゃくさま）に合（あ）う旅行（りょこう）の計画（けいかく）を＿＿＿＿＿。

⑥ （1秒後）➡ 影子跟讀法

④ 酷い（ひど）　⑤ 関係（かんけい）　⑥ 紹介します（しょうかい）

051

03 □□□

世話 (せわ)
▶ (名・他サ) 幫忙；照顧，照料
▶ 世話になる。(せわ)
受到照顧。

04 □□□

別れる (わか)
▶ (自下一) 分別，分開
▶ 恋人と別れた。(こいびと・わか)
和情人分手了。

05 □□□

挨拶 (あいさつ)
▶ (名・自サ) 寒暄，打招呼，拜訪；致詞
▶ 帽子をとって挨拶する。(ぼうし・あいさつ)
脫帽致意。

06 □□□

喧嘩 (けんか)
▶ (名・自サ) 吵架；打架
▶ 喧嘩が始まる。(けんか・はじ)
開始吵架。

07 □□□

遠慮 (えんりょ)
▶ (名・自他サ) 客氣；謝絕
▶ 遠慮がない。(えんりょ)
不客氣，不拘束。

08 □□□

失礼 (しつれい)
▶ (名・形動・自サ) 失禮，沒禮貌；失陪
▶ 失礼なことを言う。(しつれい・い)
說失禮的話。

09 □□□

褒める (ほ)
▶ (他下一) 誇獎
▶ 先生に褒められた。(せんせい・ほ)
被老師稱讚。

参考答案　❶ 世話 (せわ)　❷ 別れた (わか)　❸ 挨拶し (あいさつ)

平時承蒙古澤小姐多方關照。

古沢さんには、いつもお＿＿＿＿＿になっております。
① （1秒後）➡ 影子跟讀法

雖然和情人分手了，但我實在無法忘記她。

恋人と＿＿＿＿＿が、どうしても彼女のことが忘れられない。
② （1秒後）➡ 影子跟讀法

要大聲向人家問好喔！

大きな声で＿＿＿＿＿ましょう。
③ （1秒後）➡ 影子跟讀法

我現在的公寓正上方的那戶鄰居呀，每天晚上都大聲吵架。

今のアパート、上の部屋に住んでいる人がね、毎晩大きな声で＿＿＿＿＿んだ。
④ （1秒後）➡ 影子跟讀法

不好意思，這裡不能吸菸。

すみませんが、お煙草はご＿＿＿＿＿ください。
⑤ （1秒後）➡ 影子跟讀法

「咦，這裡不是佐藤公館嗎？」「不是，敝姓鈴木。」「對不起。」

「え、佐藤さんのお宅じゃありませんか。」「いいえ、うちは鈴木ですけど。」「＿＿＿＿＿＿。」
⑥ （1秒後）➡ 影子跟讀法

老師稱讚了我：「畫得真好、畫得真好！」

先生から「絵がうまい、絵がうまい」と＿＿＿＿＿。
⑦ （1秒後）➡ 影子跟讀法

④ けんかする　⑤ 遠慮　⑥ 失礼しました　⑦ 褒められた

単
語
帳

10 ☐☐☐

自由 じゅう
▶ 名・形動 自由，隨便
▶ 自由がない。 じゅう
沒有自由。 ▶

11 ☐☐☐

習慣 しゅうかん
▶ 名 習慣
習慣が変わる。 しゅうかん か
習慣改變；習俗特別。 ▶

12 ☐☐☐

力 ちから
▶ 名 力氣；能力
力になる。 ちから
幫助；有依靠。 ▶

パート
4
第四章

体、病気、スポーツ
人體、疾病、運動

4-1 身体／
人體

01 ☐☐☐

格好・恰好 かっこう かっこう
▶ 名 外表，裝扮
綺麗な格好で出かける。 きれい かっこう で
打扮得美美的出門了。 ▶

02 ☐☐☐

髪 かみ
▶ 名 頭髮
髪型が変わる。 かみがた か
髮型變了。 ▶

想到什麼請自由發言。

思ったことを＿＿＿＿＿に話してください。

1　（1秒後）➡ 影子跟讀法

我習慣早上沖個冷水澡。

私は朝、冷たいシャワーを浴びる＿＿＿＿＿があります。

2　（1秒後）➡ 影子跟讀法

區區一個女人，力氣卻很大。

女なのに＿＿＿＿＿が強い。

3　（1秒後）➡ 影子跟讀法

你穿成這樣太單薄了，會感冒喔！

寒そうな＿＿＿＿＿だね。風邪を引くよ。

4　（1秒後）➡ 影子跟讀法

把頭髮剪短以後，看起來怪怪的。

＿＿＿＿＿の毛を切ったら、変になった。

5　（1秒後）➡ 影子跟讀法

4　格好　　　5　髪

03 □□□

<ruby>毛<rt>け</rt></ruby>　　▸ ㊂ 頭髪，汗毛

<ruby>髪<rt>かみ</rt></ruby>の<ruby>毛<rt>け</rt></ruby>は<ruby>細<rt>ほそ</rt></ruby>くてやわらかい。
頭髮又細又軟。

04 □□□

ひげ　　▸ ㊂ 鬍鬚

<ruby>私<rt>わたし</rt></ruby>の<ruby>父<rt>ちち</rt></ruby>はひげが<ruby>濃<rt>こ</rt></ruby>い。
我爸爸的鬍鬚很濃密。

05 □□□

<ruby>首<rt>くび</rt></ruby>　　▸ ㊂ 頸部，脖子；頭部，腦袋

<ruby>首<rt>くび</rt></ruby>にマフラーを<ruby>巻<rt>ま</rt></ruby>く。
在脖子裏上圍巾。

06 □□□

<ruby>喉<rt>のど</rt></ruby>　　▸ ㊂ 喉嚨

のどが<ruby>渇<rt>かわ</rt></ruby>く。
口渴。

07 □□□

<ruby>背中<rt>せ なか</rt></ruby>　　▸ ㊂ 背部

<ruby>背中<rt>せ なか</rt></ruby>を<ruby>丸<rt>まる</rt></ruby>くする。
弓起背來。

08 □□□

<ruby>腕<rt>うで</rt></ruby>　　▸ ㊂ 胳臂；本領；托架，扶手

<ruby>腕<rt>うで</rt></ruby>を<ruby>組<rt>く</rt></ruby>む。
挽著胳臂。

09 □□□

<ruby>指<rt>ゆび</rt></ruby>　　▸ ㊂ 手指

ゆびで<ruby>指<rt>さ</rt></ruby>す。
用手指。

参考答案　　❶ <ruby>毛<rt>け</rt></ruby>　　❷ ひげ　　❸ <ruby>首<rt>くび</rt></ruby>

小嬰兒的頭髮又細又軟。

赤ちゃんの髪の＿＿＿＿＿は細くてやわらかい。

① （1秒後）➡ 影子跟讀法

我正在猶豫要不要留鬍子。

＿＿＿＿＿を伸ばすかどうか、迷っている。

② （1秒後）➡ 影子跟讀法

一早起來脖子就開始痛了。該不會是昨天睡相太差吧？

朝から＿＿＿＿＿のあたりが痛い。昨日変な寝方をしたかな。

③ （1秒後）➡ 影子跟讀法

口好渴，想喝水。

＿＿＿＿＿が渇いた。水が飲みたい。

④ （1秒後）➡ 影子跟讀法

要為您拍照了，請縮下巴、挺直背部。

写真を撮りますから、あごを引いて＿＿＿＿＿を伸ばしてください。

⑤ （1秒後）➡ 影子跟讀法

那時，她和情人挽著手走著。

彼女は恋人と＿＿＿＿＿を組んで歩いていた。

⑥ （1秒後）➡ 影子跟讀法

我最喜歡自己身體的部位是手指。

自分の体で好きな所は、＿＿＿＿＿です。

⑦ （1秒後）➡ 影子跟讀法

④ 喉（のど）　⑤ 背中（せなか）　⑥ 腕（うで）　⑦ 指（ゆび）

10 ☐☐☐

爪 ▸ 名 指甲

爪を切る。
剪指甲。 ▸

11 ☐☐☐

血 ▸ 名 血；血緣

血が出ている。
流血了。 ▸

12 ☐☐☐

おなら ▸ 名 屁

おならをする。
放屁。 ▸

4-2 生死、体質／
生死、體質 ♪

01 ☐☐☐

生きる ▸ 自上一 活，生存；生活；致力於…；生動

生きて帰る。
生還。 ▸

02 ☐☐☐

亡くなる ▸ 他五 去世，死亡

先生が亡くなる。
老師過世。 ▸

03 ☐☐☐

動く ▸ 自五 變動，移動；擺動；改變；行動，運動；感動，動搖

動くのが好きだ。
我喜歡活動身體。 ▸

長長的指甲折斷了。

の
伸ばしていた＿＿＿＿＿が、折れてしまった。

① （1秒後）➡ 影子跟讀法

你這裡怎麼了？流血了耶！

ここ、どうしたの。＿＿＿＿＿が出ているよ。

② （1秒後）➡ 影子跟讀法

每天會放屁多達幾十次，不知道怎麼辦才好。

にち　なんじゅっかい
1日に何十回も＿＿＿＿＿が出て困っています。

③ （1秒後）➡ 影子跟讀法

奶奶活到了一百歲。

ひゃくさい
おばあさんは百歳まで＿＿＿＿＿。

④ （1秒後）➡ 影子跟讀法

由於爺爺過世而向學校請了假。

そ　ふ　　　　　　　　　　　がっこう　やす
祖父が＿＿＿＿＿ため、学校を休んだ。

⑤ （1秒後）➡ 影子跟讀法

電車才剛啟動，馬上又停了下來。

でんしゃ　　　　　　　　だ　　　おも　　　　　　　　　と
電車は、＿＿＿＿＿出したと思ったら、またすぐに止まった。

⑥ （1秒後）➡ 影子跟讀法

④ 生きました　　⑤ 亡くなった　　⑥ 動き

04 ☐☐☐

さわ
触る ▸ 自五 碰觸，觸摸；接 觸；觸怒，觸犯

さわ かゆ
触ると痒くなる。 ▸
一觸摸就發癢。

05 ☐☐☐

ねむ
眠い ▸ 形 睏

ねむ
いつも眠い。
我總是想睡覺。

06 ☐☐☐

ねむ
眠る ▸ 自五 睡覺 ▸

あつ ねむ
暑いと眠れない。
一熱就睡不著。

07 ☐☐☐

かわ
乾く ▸ 自五 乾；口渴 ▸

はだ かわ
肌が乾く。
皮膚乾燥。

08 ☐☐☐

ふと
太る ▸ 自五 胖，肥胖；增加 ▸

うんどう ふと
運動してないので太った。 ▸
因為沒有運動而肥胖。

09 ☐☐☐

や
痩せる ▸ 自下一 瘦；貧瘠

びょうき や
病気で痩せる。 ▸
因生病而消瘦。

10 ☐☐☐

ダイエット ▸ 名・自サ diet，（為治療或調節體重）規定飲食；減重療法；減重，減肥

はじ
ダイエットを始めた。 ▸
開始減肥。

你那隻寵物倉鼠借我摸一下。
あなたのペットのハムスターを＿＿＿＿＿ください。

① （1秒後）➡影子跟讀法

昨天用功到很晚，結果今天睏得要命。
昨日遅くまで勉強したので、今はとても＿＿＿＿＿んです。

② （1秒後）➡影子跟讀法

洗完澡後按摩，就能睡個好覺。
お風呂の後にマッサージするとよく＿＿＿＿＿。

③ （1秒後）➡影子跟讀法

洗好的衣服，不可能那麼快就乾。
洗濯物が、そんなに早く＿＿＿＿＿はずがありません。

④ （1秒後）➡影子跟讀法

胖了以後，裙子變緊了。
＿＿＿＿＿、スカートがきつくなってしまった。

⑤ （1秒後）➡影子跟讀法

爸爸年輕時身材既不瘦，也沒有戴眼鏡。
パパは若いときは＿＿＿＿＿いなかったし、眼鏡もかけていなかった。

⑥ （1秒後）➡影子跟讀法

在夏天之前，我要減肥3公斤。
夏までに、3キロ＿＿＿＿＿。

⑦ （1秒後）➡影子跟讀法

④ 乾く　　⑤ 太って　　⑥ やせて　　⑦ ダイエットします

11 ☐☐☐

よわ
弱い ▸ 形 虚弱；不擅長，不高明

からだ よわ
体が弱い。
身體虛弱。 ▸

4-3 病気、治療／
疾病、治療 ♩

---

01 ☐☐☐

お
折る ▸ 他五 摺疊；折斷

ほね お
骨を折る。
骨折。 ▸

---

02 ☐☐☐

ねつ
熱 ▸ 名 高溫；熱；發燒

ねつ
熱がある。
發燒。 ▸

---

03 ☐☐☐

インフルエンザ ▸ 名 influenza，流行性感冒

インフルエンザにかかる。
得了流感。 ▸

---

04 ☐☐☐

け が
怪我 ▸ 名・自サ 受傷；損失，過失

け が
怪我がない。
沒有受傷。 ▸

---

05 ☐☐☐

か ふんしょう
花粉症 ▸ 名 花粉症，因花粉而引起的過敏鼻炎，結膜炎

か ふんしょう
花粉症になる。
引起花粉症。 ▸

參考答案　❶ よわ 弱さ　❷ お 折る　❸ ねつ 熱

① 這是一部描寫人性的軟弱與關懷的電影。

これは人の＿＿＿＿＿＿と優しさを描いた映画です。

（1秒後）➡ 影子跟讀法

② 折下樹枝。

木の枝を＿＿＿＿＿＿。

（1秒後）➡ 影子跟讀法

③ 因為吃了藥，所以退燒了。

薬を飲んだので、＿＿＿＿＿＿が下がりました。

（1秒後）➡ 影子跟讀法

④ 一直咳個不停，好像染上流行性感冒了。

咳が止まらない。＿＿＿＿＿＿＿＿＿＿にかかったようだ。

（1秒後）➡ 影子跟讀法

⑤ 我昨天向學校請假是因為受傷去醫院了。

私が昨日学校を休んだのは、＿＿＿＿＿＿をして病院へ行ったからだ。

（1秒後）➡ 影子跟讀法

⑥ 每逢春天，就會有很多人出現花粉熱的症狀。

春は＿＿＿＿＿＿になる人が多いです。

（1秒後）➡ 影子跟讀法

④ インフルエンザ　⑤ けが　⑥ 花粉症

06 □□□

たお
倒れる ▶ 自下一 倒下；垮台；死亡

おじ びょうき たお
叔父が病気で倒れた。
叔叔病倒了。 ▶

07 □□□

にゅういん
入院 ▶ 名・自サ 住院

にゅういん ひ はら
入院費を払う。
支付住院費。 ▶

08 □□□

ちゅうしゃ
注射 ▶ 名・他サ 打針

ちゅうしゃ う
注射を受ける。
打預防針。 ▶

09 □□□

ぬ
塗る ▶ 他五 塗抹，塗上

くすり ぬ
薬を塗る。
上藥。 ▶

10 □□□

み ま
お見舞い ▶ 名 探望，探病

あした み ま い
明日お見舞いに行く。
明天去探病。 ▶

11 □□□

ぐ あい
具合 ▶ 名 （健康等）狀況；方便，合適；方法

ぐ あい
具合がよくなる。
情況好轉。 ▶

12 □□□

なお
治る ▶ 自五 治癒，痊愈

びょうき なお
病気が治る。
病痊癒了。 ▶

参考答案　① たお
倒れた　② にゅういん
入院しなく　③ ちゅうしゃ
注射

由於奶奶病倒了，我現在就要趕往新潟。

祖母（そぼ）が＿＿＿＿＿＿＿＿ため、今（いま）から新潟（にいがた）に行（い）きます。

① （1秒後）➡ 影子跟讀法

這是一項不必住院就能完成的小手術。

＿＿＿＿＿＿＿＿＿＿＿てもできる簡単（かんたん）な手術（しゅじゅつ）です。

② （1秒後）➡ 影子跟讀法

小男孩一看到針筒就嘶吼大哭了。

男（おとこ）の子（こ）は＿＿＿＿＿＿＿＿を見（み）て激（はげ）しく泣（な）き出（だ）した。

③ （1秒後）➡ 影子跟讀法

為了盡快痊癒，請將手洗乾淨後塗抹藥膏。

早（はや）く治（なお）すためには、清潔（せいけつ）な手（て）で薬（くすり）を＿＿＿＿＿＿＿＿ましょう。

④ （1秒後）➡ 影子跟讀法

撥了電話慰問井上老師。

井上先生（いのうえせんせい）に、＿＿＿＿＿＿＿＿の電話（でんわ）をかけた。

⑤ （1秒後）➡ 影子跟讀法

託您的福，身體的狀況已經好多了。

おかげ様（さま）で、＿＿＿＿＿＿＿＿はずいぶんよくなってきました。

⑥ （1秒後）➡ 影子跟讀法

感冒才治好，這次卻換受傷了。

風邪（かぜ）が＿＿＿＿＿＿＿＿のに、今度（こんど）はけがをしました。

⑦ （1秒後）➡ 影子跟讀法

④ 塗（ぬ）り　　⑤ お見舞（みま）い　　⑥ 具合（ぐあい）　　⑦ 治（なお）った

13 □□□

たいいん
退院 ▶ (名・自サ) 出院

たいいん
退院をさせてもらう。 ▶
讓我出院。

14 □□□

や
止める ▶ (他下一) 停止

たばこをやめる。
戒煙。

15 □□□

ヘルパー ▶ (名) helper，幫備；看護 ▶

たの
ホームヘルパーを頼む。 ▶
請家庭看護。

16 □□□

いしゃ
お医者さん ▶ (名) 醫生

かれ　　 いしゃ
彼はお医者さんです。 ▶
他是醫生。

17 □□□

てしまう ▶ (補動) 強調某一狀態或
動作完了；懊悔

け が　　 うご
怪我で動かなくなってし
まった。 ▶
因受傷而無法動彈。

4-4 体育、試合／
體育、競賽 ♪

01 □□□

うんどう
運動 ▶ (名・自サ) 運動；活動 ▶

まいにちうんどう
毎日運動する。 ▶
每天運動。

参考答案　① たいいん 退院　② やめます　③ ヘルパー

照醫師的說法，應該很快就能出院了。

① お医者さんの話では、もうすぐ＿＿＿＿＿できるそうだ。

（1秒後）➡ 影子跟讀法

假如是為了家人著想，就該戒菸和戒酒。

② 家族のためなら煙草もお酒も＿＿＿＿＿。

（1秒後）➡ 影子跟讀法

為了協助奶奶的起居，我想請個幫手。

③ 祖母を助けるため、＿＿＿＿＿さんを頼みたいと思っています。

（1秒後）➡ 影子跟讀法

如果持續咳不停，最好還是盡早就醫治療。

④ 咳が続いたら、早く＿＿＿＿＿に見てもらったほうがいいですよ。

（1秒後）➡ 影子跟讀法

在這麼熱的氣溫下，麵包發霉了。

⑤ この暑さで、パンにかびが生え＿＿＿＿＿。

（1秒後）➡ 影子跟讀法

我現在每星期固定運動３天。

⑥ 週に３回、＿＿＿＿＿ようにしています。

（1秒後）➡ 影子跟讀法

④ お医者さん　　⑤ てしまった　　⑥ 運動する

02 ☐☐☐

テニス ▶ 图 tennis，網球 ▶ テニスをやる。
打網球。 ▶

03 ☐☐☐

テニスコー
ト ▶ 图 tennis court，網球
場 ▶ テニスコートでテニスを
やる。
在網球場打網球。 ▶

04 ☐☐☐

柔道_{じゅうどう} ▶ 图 柔道 ▶ 柔道_{じゅうどう}を習_{なら}う。
學柔道。 ▶

05 ☐☐☐

水泳_{すいえい} ▶ 图・自サ 游泳 ▶ 水泳_{すいえい}が上手_{じょうず}だ。
擅長游泳。 ▶

06 ☐☐☐

駆_かける・駈_か
ける ▶ 自下一 奔跑，快跑 ▶ 学校_{がっこう}まで駆_かける。
快跑到學校。 ▶

07 ☐☐☐

打_うつ ▶ 他五 打擊，打；標記 ▶ ホームランを打_うつ。
打全壘打。 ▶

08 ☐☐☐

滑_{すべ}る ▶ 自下一 滑（倒）；滑
動；（手）滑；不及
格，落榜；下跌 ▶ 道_{みち}が滑_{すべ}る。
路滑。 ▶

影子跟讀法請看 P5

① 學生時代在網球社裡一天到晚打網球。

学生の時は＿＿＿＿＿＿サークルでいつも＿＿＿＿＿＿をしていた。

（1秒後）➡ 影子跟讀法

② 網球場和白天一樣明亮。

＿＿＿＿＿＿＿＿＿は昼のように明るかった。

（1秒後）➡ 影子跟讀法

③ 相撲和柔道，哪一種比較有意思呢？

相撲と＿＿＿＿＿＿と、どちらが面白いですか。

（1秒後）➡ 影子跟讀法

④ 因為不會游泳，所以討厭上游泳課。

泳げないから、＿＿＿＿＿＿の授業は嫌いです。

（1秒後）➡ 影子跟讀法

⑤ 一回到家，愛犬小白立刻衝了過來。

家に帰ると、犬のシロが＿＿＿＿＿＿寄ってきた。

（1秒後）➡ 影子跟讀法

⑥ 滿壘了！揮棒啊、揮棒啊，高橋——！

満塁だ。＿＿＿＿＿＿、＿＿＿＿＿＿、たかはしー！

（1秒後）➡ 影子跟讀法

⑦ 不慎腳滑摔倒了，羞得我簡直想死。

＿＿＿＿＿＿転んでしまい、恥ずかしさで死にそうだった。

（1秒後）➡ 影子跟讀法

④ 水泳　　⑤ 駆け　　⑥ 打て　　⑦ 滑って

069

09 ☐☐☐

な
投げる ▶ 自下一 丢，抛；摔；
提供；投射；放棄

な
ボールを投げる。
丢球。 ▶

10 ☐☐☐

し あい
試合 ▶ 名·自サ 比賽

し あい お
試合が終わる。
比賽結束。 ▶

11 ☐☐☐

きょうそう
競争 ▶ 名·自他サ 競争，競賽

きょうそう ま
競争に負ける。
競争失敗。 ▶

12 ☐☐☐

か
勝つ ▶ 自五 贏，勝利；克服

し あい か
試合に勝つ。
比賽獲勝。 ▶

13 ☐☐☐

しっぱい
失敗 ▶ 名·自サ 失敗

しっぱい き ぶん わる
失敗ばかりで気分が悪い。
一直出錯心情很糟。 ▶

14 ☐☐☐

ま
負ける ▶ 自下一 輸；屈服

し あい ま
試合に負ける。
比賽輸了。 ▶

擲標槍和投球等等投擲物體的運動有很多種。

① 槍投げとかボール投げとか、物を_____スポーツ
は多い。
（1秒後）➡ 影子跟讀法

為了贏得比賽，要趕走焦慮，培養信心！

② _____に勝つためには、不安をなくして、自信を
つけましょう。
（1秒後）➡ 影子跟讀法

來比賽看誰贏吧！

③ どっちが勝つか、_____しよう。
（1秒後）➡ 影子跟讀法

明天的比賽如果獲勝，就能夠晉級參加全國大賽。

④ 明日の試合に_____ら、全国大会に行ける。
（1秒後）➡ 影子跟讀法

不知道方法以致失敗。

⑤ 方法がわからず、_____しました。
（1秒後）➡ 影子跟讀法

比賽輸了雖然不好，卻能成為很好的經驗。

⑥ 試合に_____ことはよくないが、経験になったこ
とはよかった。
（1秒後）➡ 影子跟讀法

④ 勝った　　⑤ 失敗　　⑥ 負けた

パート
5
第五章

大自然
大自然

5-1 自然、気象／
自然、氣象 🎵

01 ☐☐☐

えだ
枝 ▶ 名 樹枝；分枝

き えだ お
木の枝を折る。
折下樹枝。 ▶

02 ☐☐☐

くさ
草 ▶ 名 草

くさ と
草を取る。
清除雜草。 ▶

03 ☐☐☐

は
葉 ▶ 名 葉子，樹葉

は うつく
葉が美しい。
葉子很美。 ▶

04 ☐☐☐

ひら
開く ▶ 自・他五 綻放；打開；
拉開；開拓；開設；
開導

なつ ころはな ひら
夏の頃花を開く。
夏天開花。 ▶

05 ☐☐☐

みどり
緑 ▶ 名 綠色，翠綠；樹的
嫩芽

やま みどり
山の緑がきれいだ。
翠綠的山巒景色優美。 ▶

06 ☐☐☐

ふか
深い ▶ 形 深的；濃的；晚的；
（情感）深的；（關係）
密切的

にっぽんいちふか みずうみ おとず
日本一深い湖を訪れる。
探訪日本最深的湖泊。 ▶

07 ☐☐☐

う
植える ▶ 他下一 種植；培養

き う
木を植える。
種樹。 ▶

院子裡的樹枝有點太長了。
庭の木の＿＿＿＿＿が、ちょっと伸び過ぎだ。

① （1秒後）➡ 影子跟讀法

天氣變熱後，雜草愈長愈多。
暑くなってくると、＿＿＿＿＿がどんどん伸びます。

② （1秒後）➡ 影子跟讀法

樹葉轉紅了。
木の＿＿＿＿＿が赤くなった。

③ （1秒後）➡ 影子跟讀法

將在東京舉行國際會議。
東京で国際会議が＿＿＿＿＿＿。

④ （1秒後）➡ 影子跟讀法

小美香，我要洗衣服了，把那件綠色的襯衫脫下來。
美香ちゃん、洗濯するからその＿＿＿＿＿色のシャツ
を脱いでください。

⑤ （1秒後）➡ 影子跟讀法

測量湖水的深度後發現，居然深達 300 公尺。
湖の＿＿＿＿＿を測ると、300 メートルもありました。

⑥ （1秒後）➡ 影子跟讀法

我打算在這個池塘的前面種樹。
この池の前に、木を＿＿＿＿＿ようと思っています。

⑦ （1秒後）➡ 影子跟讀法

④ 開かれます　⑤ 緑　⑥ 深さ　⑦ 植え

08 ☐☐☐

お
折れる ▸ 自下一 折彎；折斷；拐彎；屈服

かぜ えだ お
風で枝が折れる。
樹枝被風吹斷。

09 ☐☐☐

くも
雲 ▸ 名 雲

くも あいだ つき で
雲の間から月が出てきた。
月亮從雲隙間出現了。

10 ☐☐☐

つき
月 ▸ 名 月亮

つき
月がのぼった。
月亮升起來了。

11 ☐☐☐

ほし
星 ▸ 名 星星

ほし
星がある。
有星星。

12 ☐☐☐

じ しん
地震 ▸ 名 地震

じ しん お
地震が起きる。
發生地震。

13 ☐☐☐

たいふう
台風 ▸ 名 颱風

たいふう あ
台風に遭う。
遭遇颱風。

14 ☐☐☐

き せつ
季節 ▸ 名 季節

き せつ たの
季節を楽しむ。
享受季節變化的樂趣。

參考答案　　❶ お
折れて　　❷ くも
雲　　❸ つき
月

在颱風肆虐之下，院子裡很多樹枝都被吹斷了。

台風で、庭の木の枝がたくさん＿＿＿＿＿＿＿しまいました。

① （1秒後）➡ 影子跟讀法

天空飄著白雲。

空に白い＿＿＿＿＿＿＿が浮かんでいる。

② （1秒後）➡ 影子跟讀法

月亮從雲隙間出現了。

雲の間から＿＿＿＿＿＿＿が出てきた。

③ （1秒後）➡ 影子跟讀法

星星出現了，所以明天應該是晴天吧。

＿＿＿＿＿＿＿が出ているから、明日は晴れるでしょう。

④ （1秒後）➡ 影子跟讀法

地震！快躲到桌下！

＿＿＿＿＿＿＿だ。机の下に入れ！

⑤ （1秒後）➡ 影子跟讀法

颱風來襲期間禁止去海邊！

＿＿＿＿＿＿＿のときは、海に行くな。

⑥ （1秒後）➡ 影子跟讀法

秋天是個讓人講究時尚的季節，同時也是個適合瘦身的季節。

秋はおしゃれの＿＿＿＿＿＿＿です。そしてまたダイエットの＿＿＿＿＿＿＿でもあります。

⑦ （1秒後）➡ 影子跟讀法

④ 星　　　⑤ 地震　　　⑥ 台風　　　⑦ 季節

15 ☐☐☐

ひ
冷える ▸ 自下一 變冷；變冷淡 ▸ 体が冷える。
身體感到寒冷。

16 ☐☐☐

や
止む ▸ 自五 停止 ▸ 風が止む。
風停了。

17 ☐☐☐

さ
下がる ▸ 自五 下降；下垂；降低（價格、程度、溫度等）；衰退 ▸ 気温が下がる。
氣溫下降。

18 ☐☐☐

はやし
林 ▸ 名 樹林；林立；（轉）事物集中貌 ▸ 林の中で虫を取る。
在林間抓蟲子。

19 ☐☐☐

もり
森 ▸ 名 樹林，森林 ▸ 森に入る。
走進森林。

20 ☐☐☐

ひかり
光 ▸ 名 光亮，光線；（喻）光明，希望；威力，光榮 ▸ 月の光が美しい。
月光美極了。

21 ☐☐☐

ひか
光る ▸ 自五 發光，發亮；出眾 ▸ 星が光る。
星光閃耀。

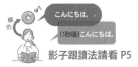
有愈來愈多人即使是冬天，也會在開著很強暖氣的房間裡喝冰啤酒。

冬でも暖房のよく効いた部屋で＿＿＿＿＿ビールを飲む人が多くなった。

① （1秒後）➡ 影子跟讀法

氣象預報說過，今天雖然會下雪，但是到傍晚就會停了。

今日は雪だけど、夕方には＿＿＿＿＿と天気予報で言っていました。

② （1秒後）➡ 影子跟讀法

藥都已經吃了，高燒還是沒退。

薬を飲んだのに、熱が＿＿＿＿＿＿＿。

③ （1秒後）➡ 影子跟讀法

在樹林裡被蟲子叮了。

＿＿＿＿＿の中で虫にさされた。

④ （1秒後）➡ 影子跟讀法

在森林裡迷路了。

＿＿＿＿＿の中で、道に迷ってしまいました。

⑤ （1秒後）➡ 影子跟讀法

請不要用會發出聲響或閃光的相機拍照。

音や＿＿＿＿＿の出るカメラで写真を撮らないでください。

⑥ （1秒後）➡ 影子跟讀法

山腳下，城鎮的燈火閃閃發亮。

山の下の方には町の灯りがきらきら＿＿＿＿＿いた。

⑦ （1秒後）➡ 影子跟讀法

④ 林　　⑤ 森　　⑥ 光　　⑦ 光って

22 □□□

<ruby>映<rt>うつ</rt></ruby>る ▸ 自五 反射，映照；相襯

<ruby>水<rt>みず</rt></ruby>に<ruby>映<rt>うつ</rt></ruby>る。
倒映水面。

23 □□□

どんどん ▸ 副 連續不斷，接二連三；（炮鼓等連續不斷的聲音）咚咚；（進展）順利；（氣勢）旺盛

<ruby>水<rt>みず</rt></ruby>がどんどん<ruby>上<rt>あ</rt></ruby>がってくる。
水嘩啦嘩啦不斷地湧出。

5-2 いろいろな物質／
各種物質

01 □□□

<ruby>空気<rt>くうき</rt></ruby> ▸ 名 空氣；氣氛

<ruby>空気<rt>くうき</rt></ruby>が<ruby>悪<rt>わる</rt></ruby>い。
空氣不好。

02 □□□

<ruby>火<rt>ひ</rt></ruby> ▸ 名 火

<ruby>火<rt>ひ</rt></ruby>が<ruby>消<rt>き</rt></ruby>える。
火熄滅。

03 □□□

<ruby>石<rt>いし</rt></ruby> ▸ 名 石頭，岩石；（猜拳）石頭，結石；鑽石；堅硬

<ruby>石<rt>いし</rt></ruby>で<ruby>作<rt>つく</rt></ruby>る。
用石頭做的。

04 □□□

<ruby>砂<rt>すな</rt></ruby> ▸ 名 沙

<ruby>砂<rt>すな</rt></ruby>が<ruby>目<rt>め</rt></ruby>に<ruby>入<rt>はい</rt></ruby>る。
沙子掉進眼睛裡。

参考答案　① <ruby>映<rt>うつ</rt></ruby>った　② どんどん　③ <ruby>空気<rt>くうき</rt></ruby>

狗朝著自己映在玻璃窗上的身影吠個不停。

犬は窓ガラスに_____自分の姿に吠えています。

① （1秒後）➡ 影子跟讀法

準備了很多，請盡量享用。

たくさんありますから、_____食べてください。

② （1秒後）➡ 影子跟讀法

把窗戶打開換個新鮮空氣吧！

窓を開けて新しい_____を入れましょう。

③ （1秒後）➡ 影子跟讀法

暖爐的火好像快要熄滅了。

ストーブの_____が消えそうになっている。

④ （1秒後）➡ 影子跟讀法

研究學家發現了新礦石。

学者は新しい_____を発見しました。

⑤ （1秒後）➡ 影子跟讀法

在海邊玩的孩子們正在堆沙堡。

浜辺にいる子どもたちが_____のお城を造っている。

⑥ （1秒後）➡ 影子跟讀法

④ 火　　　⑤ 石　　　⑥ 砂

05 ☐☐☐

ガソリン ▶ 名 gasoline，汽油 ▶ ガソリンを入れる。
加入汽油。 ▶

06 ☐☐☐

ガラス ▶ 名 （荷）glas，玻璃 ▶ ガラスを割る。
打破玻璃。 ▶

07 ☐☐☐

絹 ▶ 名 絲 ▶ 絹のハンカチを送る。
送絲綢手帕。 ▶

08 ☐☐☐

ナイロン ▶ 名 nylon，尼龍 ▶ ナイロンのストッキングはすぐ破れる。
尼龍絲襪很快就抽絲了。 ▶

09 ☐☐☐

木綿 ▶ 名 棉 ▶ 木綿のシャツを探している。
正在找棉質襯衫。 ▶

10 ☐☐☐

ごみ ▶ 名 垃圾 ▶ あとでごみを捨てる。
等一下丟垃圾。 ▶

11 ☐☐☐

捨てる ▶ 他下一 丟掉，拋棄；放棄 ▶ 古いラジオを捨てる。
扔了舊的收音機。 ▶

參考答案　1 ガソリン　2 ガラス　3 絹

這半年以來，汽油的價格持續攀升。

半年ほど、＿＿＿＿＿＿＿の値段が上がり続けています。

① （1秒後）➡ 影子跟讀法

由於玻璃破了，所以貼上膠帶修好了。

＿＿＿＿＿＿＿が割れていたので、テープを貼って直した。

② （1秒後）➡ 影子跟讀法

人家送了我絲綢手帕的伴手禮。

お土産に＿＿＿＿＿＿＿のハンカチをいただきました。

③ （1秒後）➡ 影子跟讀法

尼龍的耐用性，改變了女性的時尚。

＿＿＿＿＿＿＿の丈夫さが、女性のファッションを変えた。

④ （1秒後）➡ 影子跟讀法

我正在找可以在家裡洗滌的棉質衣服。

家で洗濯することができる＿＿＿＿＿＿＿の服を探しています。

⑤ （1秒後）➡ 影子跟讀法

別把垃圾丟在路邊。

道に＿＿＿＿＿＿＿を捨てるな。

⑥ （1秒後）➡ 影子跟讀法

不可以只吃了一半就丟掉！

半分しか食べないで＿＿＿＿＿＿＿ちゃだめ！

⑦ （1秒後）➡ 影子跟讀法

④ ナイロン　　⑤ もめん　　⑥ ごみ　　⑦ 捨て

12 ☐☐☐

<ruby>固<rt>かた</rt></ruby>い・
<ruby>硬<rt>かた</rt></ruby>い・<ruby>堅<rt>かた</rt></ruby>い

▶ ⑱ 堅硬；結實；堅定；
可靠；嚴厲；固執

<ruby>石<rt>いし</rt></ruby>のように<ruby>硬<rt>かた</rt></ruby>い。
如石頭般堅硬。 ▶

パート
6
第六章

飲食

飲食

6-1 料理、味／
烹調、味道 ♫

01 ☐☐☐

<ruby>漬<rt>つ</rt></ruby>ける

▶ ⑲下一 浸泡；醃

<ruby>梅<rt>うめ</rt></ruby>を<ruby>漬<rt>つ</rt></ruby>ける。
醃梅子。 ▶

02 ☐☐☐

<ruby>包<rt>つつ</rt></ruby>む

▶ ⑲五 包住，包起來；
隱藏，隱瞞

<ruby>肉<rt>にく</rt></ruby>を<ruby>餃子<rt>ぎょうざ</rt></ruby>の<ruby>皮<rt>かわ</rt></ruby>で<ruby>包<rt>つつ</rt></ruby>む。
用餃子皮包肉。 ▶

03 ☐☐☐

<ruby>焼<rt>や</rt></ruby>く

▶ ⑲五 焚燒；烤；曬；
嫉妒

<ruby>魚<rt>さかな</rt></ruby>を<ruby>焼<rt>や</rt></ruby>く。
烤魚。 ▶

04 ☐☐☐

<ruby>焼<rt>や</rt></ruby>ける

▶ ⑪下一 烤熟；（被）
烤熟；曬黑；燥熱；
發紅；添麻煩；感到
嫉妒

<ruby>肉<rt>にく</rt></ruby>が<ruby>焼<rt>や</rt></ruby>ける。
肉烤熟。 ▶

参考答案　　① <ruby>堅<rt>かた</rt></ruby>い　　② <ruby>漬<rt>つ</rt></ruby>けた　　③ <ruby>包<rt>つつ</rt></ruby>んだ

「ずに」為書面語，是比「ないで」更拘謹嚴肅的用法。

「〜ずに」は書き言葉で、「〜ないで」より_____言い方です。

（1秒後）➡ 影子跟讀法

鄰居太太送來了自己醃的白菜。

お隣の奥さんに、自分で_____白菜をいただいた。

（1秒後）➡ 影子跟讀法

那位身穿黑色毛皮大衣的女人是演員。

黒い毛皮のコートに身を_____女性は女優です。

（1秒後）➡ 影子跟讀法

魚在煎之前先撒上鹽。

魚は、_____前に塩を振っておきます。

（1秒後）➡ 影子跟讀法

肉烤了好一會兒囉，差不多可以吃了吧？

肉が_____きたよ。そろそろ、いいかな。

（1秒後）➡ 影子跟讀法

---

④ 焼く　　⑤ 焼けて

05 □□□

わ
沸かす ▶ (他五) 煮沸；使沸騰 ▶ お湯を沸かす。
把水煮沸。

06 □□□

わ
沸く ▶ (自五) 煮沸，煮開；興奮 ▶ お湯が沸く。
熱水沸騰。

07 □□□

あじ
味 ▶ (名) 味道；趣味；滋味 ▶ 味がいい。
好吃，美味；富有情趣。

08 □□□

あじ み
味見 ▶ (名・自サ) 試吃，嚐味道 ▶ スープの味見をする。
嚐嚐湯的味道。

09 □□□

にお
匂い ▶ (名) 味道；風貌 ▶ 匂いがする。
散發出味道。

10 □□□

にが
苦い ▶ (形) 苦；痛苦 ▶ 苦くて食べられない。
苦得難以下嚥。

11 □□□

やわ
柔らかい ▶ (形) 柔軟的 ▶ 柔らかい肉を選ぶ。
挑選柔軟的肉。

首先請燒一鍋熱水，接著請加入少許糖。
① 初めにお湯を＿＿＿＿＿ください。それから砂糖を少し入れてください。
（1秒後）➡ 影子跟讀法

孩子們精彩的舞蹈沸騰了整個會場。
② 子ども達の見事な踊りに会場が＿＿＿＿＿。
（1秒後）➡ 影子跟讀法

這家店的餐點不但菜單上有各種口味可供選擇，而且味道也可口，所以我很喜歡光顧。
③ この店は、メニューもいろいろあるし、＿＿＿＿＿もいいから好きです。
（1秒後）➡ 影子跟讀法

你嚐嚐看這個，非常好吃喔！
④ これ、ちょっと＿＿＿＿＿ごらん。すごく美味しいよ。
（1秒後）➡ 影子跟讀法

等聞到香味就關火。
⑤ いい＿＿＿＿＿がしてきたら、火を止めます。
（1秒後）➡ 影子跟讀法

「你覺得如何？」「雖然有點苦，但是很好吃！」
⑥ 「いかがですか。」「少し＿＿＿＿＿ですが、おいしいです。」
（1秒後）➡ 影子跟讀法

這個非常軟嫩，連小寶寶也能嚼得動。
⑦ とても＿＿＿＿＿から、赤ちゃんでも食べられます。
（1秒後）➡ 影子跟讀法

④ 味見して　⑤ 匂い　⑥ 苦い　⑦ 柔らかい

12 □□□

おおさじ
大匙 ▶ 名 大匙，湯匙

おおさじ はい しお い
大匙2杯の塩を入れる。
放入兩大匙的鹽。

---

13 □□□

こさじ
小匙 ▶ 名 小匙，茶匙

こさじ ばい さとう い
小匙1杯の砂糖を入れる。
放入一茶匙的砂糖。

---

14 □□□

コーヒー
カップ ▶ 名 coffee cup，咖啡杯

かわい
可愛いコーヒーカップを
か
買った。
買了可愛的咖啡杯。

---

15 □□□

ラップ ▶ 名・他サ wrap，保鮮膜；
包裝，包裹

や さい
野菜をラップする。
用保鮮膜將蔬菜包起來。

6-2 食事、食べ物／
用餐、食物 ♪

---

01 □□□

ゆうはん
夕飯 ▶ 名 晚飯

ともだち ゆうはん た
友達と夕飯を食べる。
跟朋友吃晚飯。

---

02 □□□

し たく
支度 ▶ 名・自他サ 準備；打扮；
準備用餐

し たく
支度ができる。
準備好。

在3杯水裡加入一大匙糖。

カップ3杯の水に＿＿＿＿＿1杯の砂糖を混ぜます。

① （1秒後）➡影子跟讀法

我喜歡在熱咖啡裡加入一小匙蜂蜜飲用。

熱いコーヒーに＿＿＿＿＿1杯のはちみつを入れて飲むのが好きです。

② （1秒後）➡影子跟讀法

我正在收集咖啡杯。

＿＿＿＿＿を集めています。

③ （1秒後）➡影子跟讀法

用保鮮膜將飯菜包起來，放入微波爐加熱。

ご飯を＿＿＿＿＿して、電子レンジで加熱する。

④ （1秒後）➡影子跟讀法

今天要和朋友去看電影，所以不回家吃晚飯。

今日、友達と映画を見に行くことにしたので、＿＿＿＿＿はいりません。

⑤ （1秒後）➡影子跟讀法

孩子回來之前先準備晚餐。

子どもが帰る前に、晩ご飯の＿＿＿＿＿をしておきます。

⑥ （1秒後）➡影子跟讀法

④ ラップ　　　⑤ 夕飯（ゆうはん）　　　⑥ 支度（したく）

03 □□□

じゅん び
準備 ▶ 名・他サ 準備

じゅん び　　　　た
準備が足りない。
準備不夠。 ▶

04 □□□

よう い
用意 ▶ 名・他サ 準備；注意

ゆうしょく　　よう い
夕食の用意をしていた。
在準備晚餐。 ▶

05 □□□

しょく じ
食事 ▶ 名・自サ 用餐，吃飯；
餐點

しょく じ　　　お
食事が終わる。
吃完飯。 ▶

06 □□□

か
噛む ▶ 他五 咬

はん　　　　か　　た
ご飯をよく噛んで食べな
さい。
吃飯要細嚼慢嚥。 ▶

07 □□□

のこ
残る ▶ 自五 剩餘，剩下；遺
留

た　もの　　のこ
食べ物が残る。
食物剩下來。 ▶

08 □□□

しょくりょうひん
食料品 ▶ 名 食品

はは　　　　しょくりょうひん　　おく
母から食料品が送られて
きた。
媽媽寄來了食物。 ▶

09 □□□

こめ
米 ▶ 名 米

こめ　　ゆしゅつ　　ふ
米の輸出が増える。
稻米的外銷量增加了。 ▶

参考答案　　① 準備　　② 用意して　　③ 食事

預做旅行的準備。

模仿 旅行の＿＿＿＿＿をします。

① （1秒後）➡ 影子跟讀法

我會預先準備好出席會議的 12 人份便當。

模仿 会議に参加する 12 人分のお弁当を＿＿＿＿＿おきます。

② （1秒後）➡ 影子跟讀法

不要邊吃飯邊看手機！

模仿 携帯電話を見ながら＿＿＿＿＿をするな。

③ （1秒後）➡ 影子跟讀法

被狗咬，去了醫院。

模仿 犬に＿＿＿＿＿、病院に行きました。

④ （1秒後）➡ 影子跟讀法

今天的晚飯吃昨天剩下的咖哩吧！

模仿 今日の夕飯は、ゆうべの＿＿＿＿＿のカレーを食べよう。

⑤ （1秒後）➡ 影子跟讀法

媽媽從故鄉寄來了衣服和食物。

模仿 故郷の母から衣類や＿＿＿＿＿が送られてきた。

⑥ （1秒後）➡ 影子跟讀法

米和味噌是日本的廚房必備的食材。

模仿 ＿＿＿＿＿とみそは、日本の台所になくてはならないものです。

⑦ （1秒後）➡ 影子跟讀法

---

④ かまれて　　⑤ 残り　　⑥ 食料品　　⑦ 米

10 ☐☐☐

味噌 <ruby>味<rt>み</rt></ruby><ruby>噌<rt>そ</rt></ruby>
▶ 名 味噌

<ruby>味<rt>み</rt></ruby><ruby>噌<rt>そ</rt></ruby>汁を作る。
做味噌湯。

11 ☐☐☐

ジャム
▶ 名 jam，果醬

パンにジャムをつける。
在麵包上塗果醬。

12 ☐☐☐

湯 <ruby>湯<rt>ゆ</rt></ruby>
▶ 名 開水，熱水；浴池；溫泉；洗澡水

お<ruby>湯<rt>ゆ</rt></ruby>を<ruby>沸<rt>わ</rt></ruby>かす。
燒開水。

13 ☐☐☐

葡萄 <ruby>葡<rt>ぶ</rt></ruby><ruby>萄<rt>どう</rt></ruby>
▶ 名 葡萄

<ruby>葡<rt>ぶ</rt></ruby><ruby>萄<rt>どう</rt></ruby><ruby>酒<rt>しゅ</rt></ruby>を<ruby>楽<rt>たの</rt></ruby>しむ。
享受喝葡萄酒的樂趣。

6-3 外食／餐廳用餐 ♪

01 ☐☐☐

外食 <ruby>外<rt>がい</rt></ruby><ruby>食<rt>しょく</rt></ruby>
名・自サ 外食，在外用餐

<ruby>外<rt>がい</rt></ruby><ruby>食<rt>しょく</rt></ruby>をする。
吃外食。

02 ☐☐☐

御馳走 <ruby>御<rt>ご</rt></ruby><ruby>馳<rt>ち</rt></ruby><ruby>走<rt>そう</rt></ruby>
名・他サ 請客；豐盛佳餚

<ruby>御<rt>ご</rt></ruby><ruby>馳<rt>ち</rt></ruby><ruby>走<rt>そう</rt></ruby>になる。
被請吃飯。

參考答案　① みそ　② ジャム　③ <ruby>湯<rt>ゆ</rt></ruby>

使用湯匙量味噌的量。

スプーンを使って、_____の量を量る。

(1秒後) ➡ 影子跟讀法

已經有果醬了，不必再抹奶油也沒關係。

_____があるから、バターはつけなくてもいいで
す。

(1秒後) ➡ 影子跟讀法

等熱水滾了以後下麵，煮 10 分鐘左右。

お_____が沸いてきたら、麺を入れて 10 分ぐら
いゆでます。

(1秒後) ➡ 影子跟讀法

我在院子裡種了葡萄。

庭で_____を育てています。

(1秒後) ➡ 影子跟讀法

自從開始一個人住以後，就一直外食。

一人暮らしを始めてから、ずっと_____が続いて
いる。

(1秒後) ➡ 影子跟讀法

「由我請客吧！」「不行，今天是我做東，請讓我付帳。」

「私が_____しますよ。」「いえ、今日は私がお
誘いしたんですから、私に払わせてください。」

(1秒後) ➡ 影子跟讀法

④ 葡萄　　　⑤ 外食　　　⑥ ご馳走

03 □□□

きつえんせき
喫煙席 ▸ ㊂ 吸煙席，吸煙區

きつえんせき たの
喫煙席を頼む。
指定吸菸區。

04 □□□

きんえんせき
禁煙席 ▸ ㊂ 禁煙席，禁煙區

きんえんせき すわ
禁煙席に座る。
坐在禁煙區。

05 □□□

あ
空く ▸ ㊀㊄ 空著；（職位）空缺；空隙；閒著；有空

せき あ
席が空く。
空出位子。

06 □□□

えんかい
宴会 ▸ ㊂ 宴會，酒宴

えんかい ひら
宴会を開く。
擺桌請客。

07 □□□

ごう
合コン ▸ ㊂ 聯誼

ごう こいびと
合コンで恋人ができた。
在聯誼活動中交到了男（女）朋友。

08 □□□

かんげいかい
歓迎会 ▸ ㊂ 歡迎會，迎新會

かんげいかい ひら
歓迎会を開く。
開歡迎會。

09 □□□

そうべつかい
送別会 ▸ ㊂ 送別會

そうべつかい ひら
送別会を開く。
舉辦送別會。

参考答案 **1** きつえんせき 喫煙席 **2** きんえんせき 禁煙席 **3** あ 空いて

請問您想坐在禁菸區還是吸菸區呢？

禁煙席（きんえんせき）と＿＿＿＿＿＿＿、どちらがよろしいですか？

① （1秒後）➡ 影子跟讀法

「請問您抽菸嗎？」「沒有。」「那麼，請到禁菸區。」

「お煙草（たばこ）はお吸（す）いになりますか。」「いいえ。」「で
は、＿＿＿＿＿＿＿にどうぞ。」

② （1秒後）➡ 影子跟讀法

完全沒有空位，沒辦法坐。

席（せき）が全然（ぜんぜん）＿＿＿＿＿＿＿いなくて、座（すわ）れなかった。

③ （1秒後）➡ 影子跟讀法

這場宴會來了許多賓客。

＿＿＿＿＿＿＿には大勢（おおぜい）の客（きゃく）が集（あつ）まった。

④ （1秒後）➡ 影子跟讀法

今晚的聯誼請多帶一些朋友來喔！

今夜（こんや）の＿＿＿＿＿＿＿にはお友達（ともだち）をたくさん連（つ）れて来（き）てく
ださいね。

⑤ （1秒後）➡ 影子跟讀法

感謝人家為我舉辦這場盛大的迎新會。

すばらしい＿＿＿＿＿＿＿を開（ひら）いてくれて、ありがとうご
ざいます。

⑥ （1秒後）➡ 影子跟讀法

舉辦歡送會時，想麻煩您致詞。

＿＿＿＿＿＿＿のとき、挨拶（あいさつ）をお願（ねが）いしたいんだけど。

⑦ （1秒後）➡ 影子跟讀法

④ 宴会（えんかい）　⑤ 合（ごう）コン　⑥ 歓迎会（かんげいかい）　⑦ 送別会（そうべつかい）

単語帳

10 ☐☐☐

食_たべ放_{ほうだい}題 ▶ 图 吃到飽，盡量吃，隨意吃 ▶ 食_たべ放_{ほうだい}題に行_いこう。
我們去吃吃到飽吧。 ▶

11 ☐☐☐

飲_のみ放_{ほうだい}題 ▶ 图 喝到飽，無限暢飲 ▶ ビールが飲_のみ放_{ほうだい}題だ。
啤酒無限暢飲。 ▶

12 ☐☐☐

おつまみ ▶ 图 下酒菜，小菜 ▶ おつまみを食_たべない。
不吃下酒菜。 ▶

13 ☐☐☐

サンドイッチ ▶ 图 sandwich，三明治 ▶ ハムサンドイッチを頼_{たの}む。
點火腿三明治。 ▶

14 ☐☐☐

ケーキ ▶ 图 cake，蛋糕 ▶ 食_{しょく}後_ごにケーキを頂_{いただ}く。
飯後吃蛋糕。 ▶

15 ☐☐☐

サラダ ▶ 图 salad，沙拉 ▶ サラダを先_{さき}に食_たべる。
先吃沙拉。 ▶

16 ☐☐☐

ステーキ ▶ 图 steak，牛排 ▶ ステーキを切_きる。
切牛排。 ▶

参考答案　　❶ 食_たべ放_{ほうだい}題　　❷ 飲_のみ放_{ほうだい}題　　❸ おつまみ

假如想在函館盡情享用美食，建議選擇吃到飽的行程喔！

函館でおいしいものをお腹いっぱい食べたければ、
_____コースがお勧めですよ。
① （1秒後）➡ 影子跟讀法

在一個半小時的喝到飽時段中喝了 10 杯左右的啤酒。

1時間半の_____で、ビール 10 杯くらい飲みました。
② （1秒後）➡ 影子跟讀法

冰箱裡有下酒菜，要不要幫你拿出來？

冷蔵庫に_____があるから、出してあげようか。
③ （1秒後）➡ 影子跟讀法

你的三明治要夾蛋還是火腿呢？

_____は、卵のとハムのと、どちらがいいですか。
④ （1秒後）➡ 影子跟讀法

第一次嘗試烤了蛋糕。

初めて_____を焼いてみました。
⑤ （1秒後）➡ 影子跟讀法

正打算做沙拉，這才發現沒有小黃瓜啊！

_____を作ろうと思ったら、キュウリがなかったのよ。
⑥ （1秒後）➡ 影子跟讀法

法國菜的全餐中，肉類部分會送上牛排和烤牛肉兩道。

フランス料理のフルコースでは、肉料理は_____
とローストが 2 品出ます。
⑦ （1秒後）➡ 影子跟讀法

④ サンドイッチ　　⑤ ケーキ　　⑥ サラダ　　⑦ ステーキ

17 □□□

天^{てん}ぷら ▶ 名 天婦羅 ▶ 天^{てん}ぷらを揚^あげる
油炸天婦羅。 ▶

18 □□□

大嫌^{だいきら}い ▶ 形動 極不喜歡，最討厭 外食^{がいしょく}は大嫌^{だいきら}いだ。
最討厭外食。 ▶

19 □□□

代^かわりに ▶ 接續 代替、替代；交換 酒^{さけ}の代^かわりに水^{みず}を飲^のむ。
喝水取代飲酒。 ▶

20 □□□

レジ ▶ 名 register 之略，收銀台 レジの仕事^{しごと}をする。
做結帳收銀的工作。 ▶

パート
7
第七章

服装、装身具、素材

服裝、配件、素材

01 □□□

着物^{きもの} ▶ 名 衣服；和服 着物^{きもの}を脱^ぬぐ。
脱衣服。 ▶

參考答案　❶ てんぷら 　❷ 大嫌^{だいきら}い 　❸ 代^かわりに

我炒菜時，他除了炸天婦羅，還煮了味噌湯。

私が野菜を炒めている間に、彼は＿＿＿＿＿＿と味噌汁まで作ってしまった。

① （1秒後）➡ 影子跟讀法

明明喜歡，卻偏說非常討厭。

好きなのに、＿＿＿＿＿＿と言ってしまった。

② （1秒後）➡ 影子跟讀法

不是寫信，而是寄出電子郵件。

手紙の＿＿＿＿＿＿メールを送ります。

③ （1秒後）➡ 影子跟讀法

我找到在超市結帳收銀的工作了。

スーパーで＿＿＿＿＿＿の仕事をすることになりました。

④ （1秒後）➡ 影子跟讀法

穿上和服出席婚禮能將會場營造出華麗的氣氛！

＿＿＿＿＿＿で結婚式に出席すると、会場の雰囲気が華やかになります！

⑤ （1秒後）➡ 影子跟讀法

④ レジ　　　⑤ 着物

02 □□□

した ぎ
下着 ▸ 名 內衣・貼身衣物 ▸ したぎ と か
下着を取り替える。
換貼身衣物。 ▸

03 □□□

て ぶくろ
手袋 ▸ 名 手套 ▸ て ぶくろ と
手袋を取る。
拿下手套。 ▸

04 □□□

イヤリング ▸ 名 earring，耳環 ▸ イヤリングをつける。
戴耳環。 ▸

05 □□□

さい ふ
財布 ▸ 名 錢包 ▸ ふる さいふ す
古い財布を捨てる。
丟掉舊錢包。 ▸

06 □□□

ぬ
濡れる ▸ 自下一 淋濕 ▸ あめ ふく ぬ
雨に服が濡れる。
衣服被雨淋濕。 ▸

07 □□□

よご
汚れる ▸ 自下一 髒污；齷齪 ▸ よご
シャツが汚れた。
襯衫髒了。 ▸

08 □□□

サンダル ▸ 名 sandal，涼鞋 ▸ は
サンダルを履く。
穿涼鞋。 ▸

参考答案　❶ したぎ 下着　　❷ てぶくろ 手袋　　❸ イヤリング

影子跟讀法請看 P5

1

看到可愛的內衣就買了。

かわいい＿＿＿＿＿＿＿＿があったので、買^かいました。

（1秒後）➡ 影子跟讀法

2

我決定買店員推薦的白手套了。

店員^{てんいん}に勧^{すす}められた白^{しろ}い＿＿＿＿＿＿＿＿に決^きめた。

（1秒後）➡ 影子跟讀法

3

收到了一副看起來很昂貴的耳環。

高^{たか}そうな＿＿＿＿＿＿＿＿をもらいました。

（1秒後）➡ 影子跟讀法

4

這個錢包容量大，方便使用。

この＿＿＿＿＿＿＿＿は大^{おお}きくて使^{つか}いやすい。

（1秒後）➡ 影子跟讀法

5

深夜似乎下過雨，路上濕濕的。

夜遅^{よるおそ}く雨^{あめ}が降^ふったらしく、道路^{どうろ}が＿＿＿＿＿＿＿＿いる。

（1秒後）➡ 影子跟讀法

6

我要洗衣服了，把那件髒襯衫脫下來。

洗濯^{せんたく}するから、その＿＿＿＿＿＿＿＿シャツを脱^ぬいでください。

（1秒後）➡ 影子跟讀法

7

這雙涼鞋雖然可愛，但是不好走。

この＿＿＿＿＿＿＿＿は、かわいいけど歩^{ある}きにくい。

（1秒後）➡ 影子跟讀法

---

4 財布^{さいふ}　　**5** 濡^ぬれて　　**6** 汚^{よご}れた　　**7** サンダル

09 ☐☐☐

履く _は
▶ 他五 穿（鞋、襪）
▶ 厚い靴下を履く。_{あつ くつした は}
穿厚襪子。
▶

10 ☐☐☐

指輪 _{ゆび わ}
▶ 名 戒指
指輪をつける。_{ゆび わ}
戴戒指。
▶

11 ☐☐☐

糸 _{いと}
▶ 名 線；（三弦琴的）弦；魚線；線狀
針に糸を通す。_{はり いと とお}
把針穿上線。
▶

12 ☐☐☐

毛 _け
▶ 名 羊毛，毛線，毛織物
毛 100 % の服を洗う。_{け パーセント ふく あら}
洗滌百分之百羊毛的衣物。
▶

13 ☐☐☐

アクセサリー
▶ 名 accessary，飾品，裝飾品；零件
アクセサリーをつける。
戴上飾品。
▶

14 ☐☐☐

スーツ
▶ 名 suit，套裝
スーツを着る。_き
穿套裝。
▶

15 ☐☐☐

ソフト
▶ 名・形動 soft，柔軟；溫柔；軟體
ソフトな感じがする。_{かん}
柔和的感覺。
▶

参考答案　❶ 履いた _は　❷ 指輪 _{ゆび わ}　❸ 糸 _{いと}

請不要穿著鞋子走進家門。

くつを＿＿＿＿＿＿＿まま、家に入らないでください。

① （1秒後）➡ 影子跟讀法

我正在找要送給她的結婚戒指。

彼女にあげる結婚＿＿＿＿＿＿＿を探しています。

② （1秒後）➡ 影子跟讀法

正要去買線和針。

＿＿＿＿＿＿＿と針を買いに行くところです。

③ （1秒後）➡ 影子跟讀法

好一陣子沒見到父親，父親的頭髮全都花白了。

しばらく会わない間に父の髪の＿＿＿＿＿＿＿はすっかり
白くなっていた。

④ （1秒後）➡ 影子跟讀法

我想要和男友搭配成套的飾品。

彼氏とお揃いの＿＿＿＿＿＿＿＿＿＿＿がほしいです。

⑤ （1秒後）➡ 影子跟讀法

我們公司可以不穿西裝上班。

うちの会社は、＿＿＿＿＿＿＿でなくてもいい。

⑥ （1秒後）➡ 影子跟讀法

機器本身沒有問題，但是軟體似乎有問題。

機械に問題はないが、＿＿＿＿＿＿＿に問題があるよう
だ。

⑦ （1秒後）➡ 影子跟讀法

④ 毛　　⑤ アクセサリー　　⑥ スーツ　　⑦ ソフト

16 □□□

ハンドバッグ
▶ 名 handbag，手提包
▶ ハンドバッグを<ruby>買<rt>か</rt></ruby>う。
買手提包。
▶

17 □□□

<ruby>付<rt>つ</rt></ruby>ける
▶ 他下一 裝上，附上；塗上
<ruby>耳<rt>みみ</rt></ruby>にイヤリングをつける。
把耳環穿入耳朵。
▶

パート
8
第八章
住居
住家

8-1 部屋、設備／
房間、設備
♪

01 □□□

<ruby>屋上<rt>おくじょう</rt></ruby>
▶ 名 屋頂（上）
<ruby>屋上<rt>おくじょう</rt></ruby>に<ruby>上<rt>あ</rt></ruby>がる。
爬上屋頂。
▶

02 □□□

<ruby>壁<rt>かべ</rt></ruby>
▶ 名 牆壁；障礙
<ruby>壁<rt>かべ</rt></ruby>に<ruby>時計<rt>とけい</rt></ruby>をかける。
將時鐘掛到牆上。
▶

03 □□□

<ruby>水道<rt>すいどう</rt></ruby>
▶ 名 自來水管
<ruby>水道<rt>すいどう</rt></ruby>を<ruby>引<rt>ひ</rt></ruby>く。
安裝自來水系統。
▶

参考答案　❶ ハンドバッグ　❷ <ruby>付<rt>つ</rt></ruby>けます　❸ <ruby>屋上<rt>おくじょう</rt></ruby>

こんにちは。
（1秒後）こんにちは。
影子跟讀法請看 P5

08
住家

將會發光的吊飾裝飾在手提包上。

＿＿＿＿＿＿＿＿＿に光る飾りを付けた。
<small>ひか</small> <small>かざ</small> <small>つ</small>

① （1秒後）➡ 影子跟讀法

往頭髮別上髮夾。

髪に飾りを＿＿＿＿＿＿。
<small>かみ</small> <small>かざ</small>

② （1秒後）➡ 影子跟讀法

從屋頂上俯瞰整座城鎮，猶如玩具模型一般。

＿＿＿＿＿＿＿から見る町は、おもちゃのようだ。
<small>み</small> <small>まち</small>

③ （1秒後）➡ 影子跟讀法

把牆壁漆上新的顏色吧！

＿＿＿＿＿＿＿の色を塗り替えよう。
<small>いろ</small> <small>ぬ</small> <small>か</small>

④ （1秒後）➡ 影子跟讀法

我去繳交瓦斯費和水費。

私はガス代や＿＿＿＿＿＿代を払いに行ってくる。
<small>わたし</small> <small>だい</small> <small>だい</small> <small>はら</small> <small>い</small>

⑤ （1秒後）➡ 影子跟讀法

④ 壁
<small>かべ</small>

⑤ 水道
<small>すいどう</small>

103

04 □□□

おうせつま
応接間 ▸ 名 客廳；會客室

おうせつま あんない
応接間に案内する。

領到客廳。 ▸

05 □□□

たたみ
畳 ▸ 名 榻榻米

たたみ うえ ね
畳の上で寝る。

睡在榻榻米上。 ▸

06 □□□

お い
押し入れ・
おし い
押入れ ▸ 名 （日式的）壁櫥

おし い
押入れにしまう。

收入壁櫥。 ▸

07 □□□

ひ だ
引き出し ▸ 名 抽屜

ひ だ あ
引き出しを開ける。

拉開抽屜。 ▸

08 □□□

ふ とん
布団 ▸ 名 被子，床墊

ふ とん か
布団を掛ける。

蓋被子。 ▸

09 □□□

カーテン ▸ 名 curtain，窗簾；布幕

あ
カーテンを開ける。

打開窗簾。 ▸

10 □□□

か
掛ける ▸ 他下一 懸掛；坐；蓋上；放在…上；提交；澆；開動；花費；寄託；鎖上；（數學）乘；使…負擔（給人添麻煩）

か ぐ かね
家具にお金をかける。

花大筆錢在家具上。 ▸

山本先生，恭候大駕！請隨我到會客室。請往這邊走。

山本様、お待たせいたしました。＿＿＿＿＿＿＿にご案内いたします。こちらへどうぞ。

① （1秒後）➡ 影子跟讀法

睡在榻榻米上，身體好痛。

＿＿＿＿＿＿＿の上で寝たら、体が痛くなった。

② （1秒後）➡ 影子跟讀法

他在壁櫥裡睡了覺。

彼は＿＿＿＿＿＿＿の中で寝ていました。

③ （1秒後）➡ 影子跟讀法

使用完的剪刀請放回抽屜裡。

使ったはさみは＿＿＿＿＿＿＿に片付けてください。

④ （1秒後）➡ 影子跟讀法

我讀圖畫書給你聽，快點上床！

絵本を読んであげるから、早く＿＿＿＿＿＿＿に入りなさい。

⑤ （1秒後）➡ 影子跟讀法

換上窗簾後，房間頓時變亮了。

＿＿＿＿＿＿＿を変えたら、部屋が明るくなった。

⑥ （1秒後）➡ 影子跟讀法

讓您掛念憂慮了，對不起。

ご心配をお＿＿＿＿＿＿＿、すみません。

⑦ （1秒後）➡ 影子跟讀法

④ 引き出し　　⑤ 布団　　⑥ カーテン　　⑦ 掛けして

11 □□□

飾る （かざる）
▶ 他五 擺飾，裝飾；粉飾，潤色
▶ 部屋を飾る。（へや・かざ）
裝飾房間。 ▶

12 □□□

向かう （むかう）
▶ 自五 面向，前往
▶ 鏡に向かう。（かがみ・む）
對著鏡子。 ▶

8-2 住む／
居住 ♪

01 □□□

建てる （たてる）
▶ 他下一 建造
▶ 家を建てる。（いえ・た）
蓋房子。 ▶

02 □□□

ビル
▶ 名 building 之略，高樓，大廈
▶ 駅前の高いビルに住む。（えきまえ・たか・す）
住在車站前的大樓。 ▶

03

エスカレーター
▶ 名 escalator，自動手扶梯
▶ エスカレーターに乗る。（の）
搭乘手扶梯。 ▶

04 □□□

お宅 （たく）
▶ 名 您府上，貴府；宅男（女），對於某事物過度熱忠者
▶ お宅はどちらですか。（たく）
請問您府上在哪？ ▶

参考答案　❶ 飾ります（かざ）　❷ 向かって（む）　❸ 建てられました（た）

中秋賞月時會擺放一種名為「芒草」的草葉作為裝飾。

お月見のときは、「すすき」という草を＿＿＿＿＿＿。

① （1秒後）➡ 影子跟讀法

「喂？你現在在哪裡？」「現在開車前去你那邊。」

「もしもし、今どこですか。」「今、車でそちらに＿＿＿＿＿＿いるところです。」

② （1秒後）➡ 影子跟讀法

這座寺院是距今 1300 年前落成的。

このお寺は、今から 1300 年前に＿＿＿＿＿＿＿。

③ （1秒後）➡ 影子跟讀法

這棟大廈比那棟大廈高。

この＿＿＿＿＿＿は、あの＿＿＿＿＿＿より高いです。

④ （1秒後）➡ 影子跟讀法

搭乘手扶梯時如果把頭或手伸出去，將會非常危險。

顔や手を＿＿＿＿＿＿の外に出して乗ると、たいへん危険です。

⑤ （1秒後）➡ 影子跟讀法

聽說貴府的少爺考上東大了。

＿＿＿＿＿＿の息子さん、東大に合格なさったそうですね。

⑥ （1秒後）➡ 影子跟讀法

④ ビル　　　⑤ エスカレーター　　　⑥ お宅

107

05 ▢▢▢

住所 ▸ ⑧ 地址 ▸ 住所はカタカナで書く。
以片假名填寫住址。

06 ▢▢▢

近所 ▸ ⑧ 附近；鄰居 近所に住んでいる。
住在這附近。

07 ▢▢▢

留守 ▸ ⑧ 不在家；看家 家を留守にする。
看家。

08 ▢▢▢

移る ▸ ⑲ 移動；變心；傳染；時光流逝；轉移 新しい町へ移る。
搬到新的市鎮去。

09 ▢▢▢

引っ越す ▸ ⑲ 搬家 京都へ引っ越す。
搬去京都。

10 ▢▢▢

下宿 ▸ ⑧・⑪ 寄宿，借宿 下宿を探す。
尋找公寓。

11 ▢▢▢

生活 ▸ ⑧・⑪ 生活 生活に困る。
無法維持生活。

参考答案 ❶ 住所 ❷ 近所 ❸ 留守

請教您的大名和住址。

お名前とご＿＿＿＿＿をお願いします。

① （1秒後）➡ 影子跟讀法

明天你可以去向鄰居打聲招呼說我們搬來了嗎？

明日あなたがご＿＿＿＿＿に引っ越しの挨拶に行ってくれる？

② （1秒後）➡ 影子跟讀法

既然房間裡的電燈沒亮，山田小姐應該不在吧。

部屋の電気が消えているから、山田さんは＿＿＿＿＿だろう。

③ （1秒後）➡ 影子跟讀法

我想要換到更適合女性工作的職場做事。

もっと女性が働きやすい職場に＿＿＿＿＿と思います。

④ （1秒後）➡ 影子跟讀法

我正在考慮搬離公寓呢。

今、アパートを＿＿＿＿＿そうと思ってるんだよ。

⑤ （1秒後）➡ 影子跟讀法

高3的女兒說她一考上大學就要搬去外面租房間住。

高３の娘は大学に入ったら＿＿＿＿＿と言っている。

⑥ （1秒後）➡ 影子跟讀法

還有整整３天，只能靠這兩千圓過活。

あと３日、2000円で＿＿＿＿＿なければなりません。

⑦ （1秒後）➡ 影子跟讀法

④ 移りたい　⑤ 引っ越　⑥ 下宿する　⑦ 生活し

12 □□□

なま
生ごみ ▸ 名 廚餘・有機垃圾 ▸

なま　　　　　かた　づ
生ゴミを片付ける。
收拾廚餘。 ▸

13 □□□

も
燃えるごみ ▸ 名 可燃垃圾

あした　　　　　も　　　　　　　ひ
明日は燃えるごみの日だ。
明天是丟棄可燃垃圾的日子。

14 □□□

いっぱん
一般 ▸ 名・形動 一般・普通 ▸

でん　ち　　いっぱん　　　　　ま
電池を一般ゴミに混ぜな
いで。
電池不要丟進一般垃圾裡。 ▸

15 □□□

ふ　べん
不便 ▸ 形動 不方便 ▸

へん　こうつう　　ふ　べん
この辺は交通が不便だ。
這附近交通不方便。 ▸

16 □□□

に　かい　だ
二階建て ▸ 名 二層建築 ▸

に　かい　だ　　　いえ　す
二階建ての家に住みたい。
想住兩層樓的房子。 ▸

8-3 家具、電気機器／
家具、電器 ♫

01 □□□

かがみ
鏡 ▸ 名 鏡子

かがみ　　み
鏡を見る。
照鏡子。 ▸

参考答案　　① なま
生ゴミ　　② も
燃えるゴミ　　③ いっぱん
一般

烹飪時產生的廚餘請在可燃垃圾的回收日拿出來丟棄。

料理で出た＿＿＿＿＿は燃えるゴミの日に出してください。

① （1秒後）➡ 影子跟讀法

可燃垃圾和不可燃垃圾請確實分類丟棄。

＿＿＿＿＿と燃えないゴミを正しく分けて捨ててください。

② （1秒後）➡ 影子跟讀法

日語的名詞一般是放在形容詞的後面。

日本語では＿＿＿＿＿に名詞は形容詞の後ろに来ます。

③ （1秒後）➡ 影子跟讀法

這台吸塵器有點重，老人家可能不太方便使用。

この掃除機、少し重いので、お年寄りにはちょっと＿＿＿＿＿かもしれません。

④ （1秒後）➡ 影子跟讀法

「那棟建築物是幾層樓的呢？」「二層樓的。」

「あの建物は何階建てですか？」「＿＿＿＿＿です。」

⑤ （1秒後）➡ 影子跟讀法

鏡子掉下去破了。

＿＿＿＿＿を落として割ってしまいました。

⑥ （1秒後）➡ 影子跟讀法

④ 不便　　⑤ 二階建て　　⑥ 鏡

111

02 ☐☐☐

棚 <ruby>棚<rt>たな</rt></ruby>
▶ ⓐ 架子，棚架

<ruby>棚<rt>たな</rt></ruby>に<ruby>上<rt>あ</rt></ruby>げる。
擺到架上；佯裝不知。 ▶

03 ☐☐☐

スーツケース
▶ ⓐ suitcase，手提旅行箱

スーツケースを<ruby>買<rt>か</rt></ruby>う。
買行李箱。 ▶

04 ☐☐☐

冷房 <ruby>冷房<rt>れいぼう</rt></ruby>
▶ ⓐ・他サ 冷氣

<ruby>冷房<rt>れいぼう</rt></ruby>を<ruby>点<rt>つ</rt></ruby>ける。
開冷氣。 ▶

05 ☐☐☐

暖房 <ruby>暖房<rt>だんぼう</rt></ruby>
▶ ⓐ 暖氣

<ruby>暖房<rt>だんぼう</rt></ruby>を<ruby>点<rt>つ</rt></ruby>ける。
開暖氣。 ▶

06 ☐☐☐

電灯 <ruby>電灯<rt>でんとう</rt></ruby>
▶ ⓐ 電燈

<ruby>電灯<rt>でんとう</rt></ruby>をつけた。
把燈打開。 ▶

07 ☐☐☐

ガスコンロ
▶ ⓐ （荷）gas+ 焜炉，瓦斯爐，煤氣爐

ガスコンロで<ruby>料理<rt>りょうり</rt></ruby>をする。
用瓦斯爐做菜。 ▶

08 ☐☐☐

乾燥機 <ruby>乾燥機<rt>かんそうき</rt></ruby>
▶ ⓐ 乾燥機，烘乾機

<ruby>服<rt>ふく</rt></ruby>を<ruby>乾燥機<rt>かんそうき</rt></ruby>に<ruby>入<rt>い</rt></ruby>れる。
把衣服放進烘乾機。 ▶

參考答案 ① <ruby>棚<rt>たな</rt></ruby>　　② スーツケース　　③ <ruby>冷房<rt>れいぼう</rt></ruby>

從架子把東西搬下來。

＿＿＿＿＿＿＿から荷物を下ろします。

① （1秒後）➡ 影子跟讀法

由於行李箱多達 5 個，因此搭計程車去了。

＿＿＿＿＿＿＿が五つもあったので、タクシーに乗ってき
ました。

② （1秒後）➡ 影子跟讀法

我家的冷氣故障了。

うちの＿＿＿＿＿＿＿が故障してしまった。

③ （1秒後）➡ 影子跟讀法

這一帶很溫暖，不開暖氣也沒關係。

この辺りは暖かいから、＿＿＿＿＿＿＿はなくてもかまわ
ない。

④ （1秒後）➡ 影子跟讀法

為了用功才剛剛把燈打開，卻睡著了。

勉強しようと＿＿＿＿＿＿＿をつけたばかりなのに、もう
寝てしまった。

⑤ （1秒後）➡ 影子跟讀法

用海綿刷洗瓦斯爐周圍的油垢。

＿＿＿＿＿＿＿の周りの汚れをスポンジで落とします。

⑥ （1秒後）➡ 影子跟讀法

乾燥機是梅雨時期不可缺的工具。

梅雨の時期は、＿＿＿＿＿＿＿が欠かせません。

⑦ （1秒後）➡ 影子跟讀法

④ 暖房　⑤ 電灯　⑥ ガスコンロ　⑦ 乾燥機

09 □□□

コインラン
ドリー

③ coin-operated laundry，自助洗衣店

コインランドリーで洗濯する。

在自助洗衣店洗衣服。

10 □□□

ステレオ

③ stereo，音響

ステレオで音楽を聴く。

開音響聽音樂。

11 □□□

けいたいでん わ
携帯電話

③ 手機，行動電話

けいたいでん わ　つか
携帯電話を使う。

使用手機。

12 □□□

ベル

③ bell，鈴聲

お
ベルを押す。

按鈴。

13 □□□

な
鳴る

（自五）響，叫

と けい　な
時計が鳴る。

鬧鐘響了。

14 □□□

タイプ

③ type，款式；類型；打字

うす
薄いタイプのパソコンがほしい。

想要一台薄型電腦。

只要到車站前就會有自助洗衣店喔。

駅前に行けば、＿＿＿＿＿＿＿＿がありますよ。

① （1秒後）➡ 影子跟讀法

這部音響已經壞了，就扔了吧。

この＿＿＿＿＿＿は、壊れてしまったから捨てよう。

② （1秒後）➡ 影子跟讀法

開會時手機響了。

会議中に＿＿＿＿＿＿が鳴り出した。

③ （1秒後）➡ 影子跟讀法

鈴聲一響就請停筆。

＿＿＿＿＿＿が鳴ったら、書くのをやめてください。

④ （1秒後）➡ 影子跟讀法

鬧鐘已經響了卻沒有起床。

時計が＿＿＿＿＿＿のに起きなかった。

⑤ （1秒後）➡ 影子跟讀法

我想要一台重量輕、像筆記本一樣的薄型電腦。

軽くてノートのように薄い＿＿＿＿＿＿のパソコンがほしいです。

⑥ （1秒後）➡ 影子跟讀法

④ ベル　　　⑤ 鳴った　　　⑥ タイプ

8-4 道具／
道具

01 ☐☐☐

どうぐ
道具 ▶ 名 工具；手段 ▶ 道具を使う。
使用道具。 ▶

02 ☐☐☐

きかい
機械 ▶ 名 機械 ▶ 機械を使う。
操作機器。 ▶

03 ☐☐☐

つ
点ける ▶ 他下一 打開（家電類）；
點燃 ▶ でんき
電気をつける。
開燈。 ▶

04 ☐☐☐

つ
点く ▶ 自五 點上，（火）點著 ▶ でんとう
電灯が点いた。
電燈亮了。 ▶

05 ☐☐☐

まわ
回る ▶ 自五 轉動；走動；旋
轉；繞道；轉移 ▶ とけい まわ
時計が回る。
時鐘轉動。 ▶

06 ☐☐☐

はこ
運ぶ ▶ 自・他五 運送，搬運；
進行 ▶ おお はこ
大きなものを運ぶ。
載運大宗物品。 ▶

07 ☐☐☐

こしょう
故障 ▶ 名・自サ 故障 ▶ きかい こしょう
機械が故障した。
機器故障。 ▶

参考答案　❶ どうぐ
道具　❷ きかい
機械　❸ つけっ

人類會說話，也會使用工具。

人は言葉を話したり、＿＿＿＿＿＿＿を使ったりすることができます。

① （1秒後）➡ 影子跟讀法

如果去日本留學，我想研讀機械系或電機系。

日本に留学したら、＿＿＿＿＿＿＿工学か電気工学を勉強したいと思っている。

② （1秒後）➡ 影子跟讀法

昨晚沒關電視就睡著了。

昨夜テレビを＿＿＿＿＿＿＿ぱなしにして寝てしまった。

③ （1秒後）➡ 影子跟讀法

颱風不僅造成停電，甚至導致停水。

台風のため、電気が＿＿＿＿＿＿＿うえ、水道も止まった。

④ （1秒後）➡ 影子跟讀法

喝茶的時候要將茶碗轉兩次（茶碗一圈圈地轉），然後啜飲。

お茶を飲むときは、お茶碗を2回回して（お茶碗がくるくる＿＿＿＿＿＿＿）、それから飲みます。

⑤ （1秒後）➡ 影子跟讀法

為了布置會議場地，請將椅子和桌子搬過來。

会議のために椅子とテーブルを＿＿＿＿＿＿＿ください。

⑥ （1秒後）➡ 影子跟讀法

暖氣無法運轉，說不定是故障了。

暖房がつかない。＿＿＿＿＿＿＿のかもしれない。

⑦ （1秒後）➡ 影子跟讀法

④ 点かない　⑤ 回って　⑥ 運んで　⑦ 故障した

117

08 □□□

こわ
壊れる ▶ 〔自下一〕壊掉，損壊；故障

でん わ　こわ
電話が壊れている。
電話壞了。 ▶

09 □□□

わ
割れる ▶ 〔自下一〕破掉，破裂；分裂；暴露；整除

まど　わ
窓は割れやすい。
窗戶容易碎裂。 ▶

10 □□□

な
無くなる ▶ 〔自五〕不見，遺失；用光了

な
ガスが無くなった。
瓦斯沒有了。 ▶

11 □□□

と　か
取り替える ▶ 〔他下一〕交換；更換

でんきゅう　と　か
電球を取り替える。
更換電燈泡。 ▶

12 □□□

なお
直す ▶ 〔他五〕修理；改正；整理；更改

じ てんしゃ　なお
自転車を直す。
修理腳踏車。 ▶

13 □□□

なお
直る ▶ 〔自五〕改正；修理；回復；變更

こわ　　　　　　　　なお
壊れていた PC が直る。
把壞了的電腦修好了。 ▶

参考答案　❶ こわ
壊れた　❷ わ
割れ　❸ なくなって

冷氣才剛用了一年就壞了。

1年しか使っていないのに、もう冷房が＿＿＿＿＿。

① （1秒後）➡ 影子跟讀法

這枚盤子很薄，容易碎裂，請小心。

このお皿は薄くて＿＿＿＿＿やすいので、気をつけてください。

② （1秒後）➡ 影子跟讀法

一走出店外，發現原本放在入口處的傘不見了。

店から出たら、入り口に置いておいた傘が＿＿＿＿＿＿＿いた。

③ （1秒後）➡ 影子跟讀法

之前買的褲子太小件，所以請店家幫忙換了一件大號的。

買ったズボンが小さかったので、お店で大きいのと＿＿＿＿＿もらいました。

④ （1秒後）➡ 影子跟讀法

不把作文拿去給老師修改是不行的。

作文を先生に＿＿＿＿＿いただかないといけない。

⑤ （1秒後）➡ 影子跟讀法

終於把運行不太順暢的電腦拿去修好了。

調子が悪かった PC がやっと＿＿＿＿＿＿。

⑥ （1秒後）➡ 影子跟讀法

④ 取り替えて　　⑤ 直して　　⑥ 直りました

119

パート 9 第九章 施設、機関、交通
設施、機構、交通

01 ☐☐☐

とこや
床屋 ▶ 名 理髪店；理髪室 ▶ とこや へ い
床屋へ行く。
去理髮廳。 ▶

02 ☐☐☐

こうどう
講堂 ▶ 名 禮堂 ▶ こうどう あつ
講堂に集まる。
齊聚在講堂裡。 ▶

03 ☐☐☐

かいじょう
会場 ▶ 名 會場 ▶ かいじょう はい
会場に入る。
進入會場。 ▶

04 ☐☐☐

じむしょ
事務所 ▶ 名 辦公室 ▶ じ む しょ ひら
事務所を開く。
設有辦事處。 ▶

05 ☐☐☐

きょうかい
教会 ▶ 名 教會 ▶ きょうかい いの
教会で祈る。
在教堂祈禱。 ▶

06 ☐☐☐

じんじゃ
神社 ▶ 名 神社 ▶ じんじゃ まい
神社に参る。
參拜神社。 ▶

07 ☐☐☐

てら
寺 ▶ 名 寺廟 ▶ てら まい
寺に参る。
參拜寺院。 ▶

参考答案　① とこや 床屋　② こうどう 講堂　③ かいじょう 会場

大約每兩個月上理髮廳一次。
2ヶ月に1回ぐらい＿＿＿＿に行きます。

① （1秒後）➡ 影子跟讀法

學生們為了合唱比賽的練習而齊聚在講堂裡。
合唱コンクールの練習のために、生徒たちが＿＿＿＿に集められた。

② （1秒後）➡ 影子跟讀法

會場來了多達一萬人。
＿＿＿＿には、1万人もの人が来てくださった。

③ （1秒後）➡ 影子跟讀法

我的事務所就在從這邊看過去對面那棟12層大樓的3樓。
私の＿＿＿＿は向こうに見える12階建てのビルの3階だ。

④ （1秒後）➡ 影子跟讀法

婚禮決定在教會舉行了。
結婚式は＿＿＿＿で挙げることにしました。

⑤ （1秒後）➡ 影子跟讀法

祭典時拍攝的照片貼在神社裡。
お祭りのときの写真が＿＿＿＿に貼ってある。

⑥ （1秒後）➡ 影子跟讀法

日本人會在除夕夜去寺院，元旦則到神社參拜。
日本人は、大みそかは＿＿＿＿に行き、元旦は神社に行く。

⑦ （1秒後）➡ 影子跟讀法

④ 事務所　　⑤ 教会　　⑥ 神社　　⑦ 寺

121

08 □□□

動物園
どうぶつえん
▶ ⒜ 動物園

動物園に行く。
どうぶつえん　い
去動物園。

09 □□□

美術館
び じゅつかん
▶ ⒜ 美術館

美術館に行く。
び じゅつかん　い
去美術館。

10 □□□

駐車場
ちゅうしゃじょう
▶ ⒜ 停車場

駐車場を探す。
ちゅうしゃじょう　さが
找停車場。

11 □□□

空港
くうこう
▶ ⒜ 機場

空港に到着する。
くうこう　とうちゃく
抵達機場。

12 □□□

飛行場
ひ こうじょう
▶ ⒜ 機場

飛行場へ迎えに行く。
ひ こうじょう　むか　い
去接機。

13 □□□

国際
こくさい
▶ ⒜ 國際

国際空港に着く。
こくさいくうこう　つ
抵達國際機場。

14 □□□

港
みなと
▶ ⒜ 港口，碼頭

港に寄る。
みなと　よ
停靠碼頭。

參考答案　① 動物園
どうぶつえん
② 美術館
び じゅつかん
③ 駐車場
ちゅうしゃじょう

122

我曾在上野動物園看過貓熊。

上野＿＿＿＿＿で、パンダを見たことがある。

① （1秒後）➡ 影子跟讀法

目前，縣立美術館正在展出畢卡索的知名畫作。

今、県立＿＿＿＿＿にピカソの有名な絵が来ているということだ。

② （1秒後）➡ 影子跟讀法

從這裡走 500 公尺左右有一座停車場。

ここから 500 メートルぐらい行ったところに＿＿＿＿＿があります。

③ （1秒後）➡ 影子跟讀法

羽田機場沒有成田機場那麼大。

羽田＿＿＿＿＿は、成田＿＿＿＿＿ほど大きくありません。

④ （1秒後）➡ 影子跟讀法

我送要回去日本的她到了機場。

日本に帰る彼女を＿＿＿＿＿まで送った。

⑤ （1秒後）➡ 影子跟讀法

為了維持世界和平而舉行國際會議。

世界平和のために＿＿＿＿＿会議が開かれる。

⑥ （1秒後）➡ 影子跟讀法

船舶接近了碼頭。

船が＿＿＿＿＿に近づいた

⑦ （1秒後）➡ 影子跟讀法

④ 空港　　　⑤ 飛行場　　　⑥ 国際　　　⑦ 港

15 ☐☐☐

こうじょう
工場 ▸ ㊎ 工廠

あたら こうじょう た
新しい工場を建てる。
建造新工廠。

16 ☐☐☐

スーパー ▸ ㊎ supermarket之略，
超級市場

にく か
スーパーで肉を買う。
在超市買肉。

9-2 いろいろな乗り物、交通／
各種交通工具、交通 ♪

01 ☐☐☐

の もの
乗り物 ▸ ㊎ 交通工具

の もの の
乗り物に乗る。
乘車。

02 ☐☐☐

オートバイ ▸ ㊎ auto bicycle，摩托
車

の
オートバイに乗れる。
會騎機車。

03 ☐☐☐

きしゃ
汽車 ▸ ㊎ 火車

きしゃ えき つ
汽車が駅に着く。
火車到達車站。

04 ☐☐☐

ふ つう
普通 ▸ ㊎・形動 普通，平凡；
普通車

わたし ふ つうでんしゃ つうきん
私は普通電車で通勤して
いる。
我搭各站停靠的列車通勤。

為了建造新工廠而買了土地。

新しい＿＿＿＿を建てるために、土地を買った。

① （1秒後）➡ 影子跟讀法

挑星期五上這家超市，就能買到新鮮的蔬菜。

この＿＿＿＿は、金曜日に買うと新鮮な野菜が買える。

② （1秒後）➡ 影子跟讀法

一到迪士尼樂園，你最先想搭的遊樂器材是哪一種呢？

ディズニーランドに着いたら、まず最初にどの＿＿＿＿のところに行きますか。

③ （1秒後）➡ 影子跟讀法

我會騎摩托車。

僕は＿＿＿＿＿＿に乗れます。

④ （1秒後）➡ 影子跟讀法

火車進入了長長的隧道。

＿＿＿＿が長いトンネルに入った。

⑤ （1秒後）➡ 影子跟讀法

我先生雖然長相平凡，但是待人熱忱。

夫は、顔は＿＿＿＿だけれど、心の温かい人です。

⑥ （1秒後）➡ 影子跟讀法

④ オートバイ　⑤ 汽車　⑥ 普通

125

05 □□□

きゅうこう
急行 ▶ (名・自サ) 急行；快車

きゅうこうでんしゃ ま あ
急行電車に間に合う。

趕上快速電車。

06 □□□

とっきゅう
特急 ▶ (名) 特急列車；火速

とっきゅう とうきょう
特急で東京へたつ。

坐特快車到東京。

07 □□□

ふね ふね
船・舟 ▶ (名) 船；舟，小型船

ふね ゆ
船が揺れる。

船隻搖晃。

08 □□□

ガソリン
スタンド ▶ (名) （和製英語）
gasoline+stand，加油
站

ガソリンスタンドでバイ
トする。

在加油站打工。

09 □□□

こうつう
交通 ▶ (名) 交通

こうつう べんり
交通が便利になった。

交通變得很方便。

10 □□□

とお
通り ▶ (名) 道路，街道

ひろ とお で
広い通りに出る。

走到大馬路。

11 □□□

じ こ
事故 ▶ (名) 意外，事故

じ こ お
事故が起こる。

發生事故。

こんにちは。

（1秒後）こんにちは。

影子跟讀法請看 P5

這班電車是快速列車，所以不會停靠花田站喔！

① この電車は＿＿＿＿＿ですから、花田には止まりませんよ。
（1秒後）➡ 影子跟讀法

要去池袋的話，搭特快車是最快的方式嗎？

② 池袋へ行くには＿＿＿＿＿に乗るのが一番早いですか。
（1秒後）➡ 影子跟讀法

從船上看到了島嶼。

③ ＿＿＿＿＿から島が見えた。
（1秒後）➡ 影子跟讀法

為了買一台摩托車，這一年來一直在加油站工作。

④ バイクを買うために、1年間ずっと＿＿＿＿＿で働いていた。
（1秒後）➡ 影子跟讀法

這一帶雖然交通不便，但還保有美麗的自然風光。

⑤ この辺は＿＿＿＿＿が不便だが、美しい自然が残っている。
（1秒後）➡ 影子跟讀法

我比較想要遠離馬路的房間。

⑥ ＿＿＿＿＿から遠い部屋の方がいいです。
（1秒後）➡ 影子跟讀法

引發交通事故。

⑦ 交通＿＿＿＿＿を起こしてしまいました。
（1秒後）➡ 影子跟讀法

④ ガソリンスタンド　⑤ 交通　⑥ 通り　⑦ 事故

127

単語帳

tag**12** □□□

こう じ ちゅう
工事中 ▶ ㊂ 施工中；（網頁）建製中

こう じ ちゅう
工事中となる。
施工中。 ▶

13 □□□

わす もの
忘れ物 ▶ ㊂ 遺忘物品，遺失物

わす もの
忘れ物をする。
遺失東西。 ▶

14 □□□

かえ
帰り ▶ ㊂ 回來；回家途中

かえ いそ
帰りを急ぐ。
急著回去。 ▶

15 □□□

ばんせん
番線 ▶ ㊂ 軌道線編號，月台編號

ばんせん れっしゃ き
5番線の列車が来た。
5號月台的列車進站了。 ▶

9-3 交通関係／
交通相關 ♪

01 □□□

いっぽうつうこう
一方通行 ▶ ㊂ 單行道；單向傳達

いっぽうつうこう とお
一方通行で通れない。
單行道不能進入。 ▶

02 □□□

うちがわ
内側 ▶ ㊂ 內部，內側，裡面

うちがわ ひら
内側へ開く。
往裡開。 ▶

tag参考答案 ① 工事中 ② 忘れ物 ③ 帰り

128

施工期間造成各位極大的不便。

＿＿＿＿＿＿＿は皆様に大変ご迷惑をお掛けしました。

① （1秒後）➡ 影子跟讀法

下車時請小心，不要忘記您的隨身物品。

お＿＿＿＿＿＿をなさいませんよう、気をつけてお降り
ください。

② （1秒後）➡ 影子跟讀法

下班後偶爾會去唱唱卡拉 OK。

ときどき、会社の＿＿＿＿＿＿にカラオケに行くことが
ある。

③ （1秒後）➡ 影子跟讀法

開往東京的快車即將從 12 月台發車。

12＿＿＿＿＿＿から東京行きの急行が出ます。

④ （1秒後）➡ 影子跟讀法

這個標誌是「單向通行」的意思。

このマークは、「＿＿＿＿＿＿」という意味です。

⑤ （1秒後）➡ 影子跟讀法

這裡很危險，所以還是靠內側行走比較好喔。

危ないですから、＿＿＿＿＿＿を歩いた方がいいです
よ。

⑥ （1秒後）➡ 影子跟讀法

④ 番線　　⑤ 一方通行　　⑥ 内側

03 □□□

そとがわ
外側 ▶ 図 外部，外面，外側 ▶ みち そとがわ はし
道の外側を走る。
沿著道路外側跑。 ▶

04 □□□

ちかみち
近道 ▶ 図 捷徑，近路 ▶ ちかみち
近道をする。
抄近路。 ▶

05 □□□

おうだん ほ どう
横断歩道 ▶ 図 斑馬線 ▶ おうだん ほ どう わた
横断歩道を渡る。
跨越斑馬線。 ▶

06 □□□

せき
席 ▶ 図 座位；職位 ▶ せき
席がない。
沒有空位。 ▶

07 □□□

うんてんせき
運転席 ▶ 図 駕駛座 ▶ うんてんせき うんてん
運転席で運転する。
在駕駛座開車。 ▶

08 □□□

し ていせき
指定席 ▶ 図 劃位座，對號入座 ▶ し ていせき よ やく
指定席を予約する。
預約對號座位。 ▶

09 □□□

じ ゆうせき
自由席 ▶ 図 自由座 ▶ じ ゆうせき の
自由席に乗る。
坐自由座。 ▶

参考答案　① そとがわ
外側　② ちかみち
近道　③ おうだん ほ どう
横断歩道

影子跟讀法請看 P5

在盒子的外側貼上漂亮的紙。

箱の_____にきれいな紙を貼ります。

① （1秒後）➡ 影子跟讀法

從田地穿過去就是捷徑。

畑の中を行けば_____だ。

② （1秒後）➡ 影子跟讀法

我看到一位老奶奶正在發愁該怎麼過斑馬線，於是幫忙拿東西陪她一起過了馬路。

おばあさんが_____で困っていたので、荷物を持ってあげて、一緒に渡った。

③ （1秒後）➡ 影子跟讀法

這趟航班我預約了靠窗的座位。

飛行機は窓側の_____を予約しました。

④ （1秒後）➡ 影子跟讀法

坐在後座比坐在駕駛座旁邊更能好好休息。

後ろの席の方が、_____の隣よりゆっくりできます。

⑤ （1秒後）➡ 影子跟讀法

下一班電車的對號座已經售罄。

次の電車の_____はもうありません。

⑥ （1秒後）➡ 影子跟讀法

由於下一班電車的對號座已經售完，所以坐在自由座了。

次の電車は指定席がもうないので、_____に乗ることにした。

⑦ （1秒後）➡ 影子跟讀法

④ 席　　⑤ 運転席　　⑥ 指定席　　⑦ 自由席

10 ☐☐☐

通行止め
（つうこうど）

▶ ⒶＬ 禁止通行，無路可走

通行止めになる。
（つうこうど）
規定禁止通行。 ▶

11 ☐☐☐

急ブレーキ
（きゅう）

▶ ⒶＬ 急 brake，緊急煞車

急ブレーキで止まる。
（きゅう）　　（と）
因緊急煞車而停下。 ▶

12 ☐☐☐

終電
（しゅうでん）

▶ ⒶＬ 最後一班電車，末班車

終電に乗り遅れる。
（しゅうでん）（の）（おく）
沒趕上末班車。 ▶

13 ☐☐☐

信号無視
（しんごうむし）

▶ ⒶＬ 違反交通號誌，闖紅（黃）燈

信号無視をする。
（しんごうむし）
違反交通號誌。 ▶

14 ☐☐☐

駐車違反
（ちゅうしゃいはん）

▶ ⒶＬ 違規停車

駐車違反で罰金を取られ
（ちゅうしゃいはん）（ばっきん）（と）
た。
違規停車被罰款。 ▶

9-4 乗り物に関する言葉／
交通相關的詞 ♪

01 ☐☐☐

運転
（うんてん）

▶ Ⓐ·自他サ 開車，駕駛；運轉；周轉

運転を習う。
（うんてん）（なら）
學開車。 ▶

由於土石流而封鎖道路。
土砂崩れで、道路が＿＿＿＿＿になっています。

① （1秒後）➡ 影子跟讀法

由於有緊急煞車的可能，因此請繫好您的安全帶。
＿＿＿＿＿をかけることがありますから、必ずシートベルトをしてください。

② （1秒後）➡ 影子跟讀法

他沒趕上 23 點 40 分的最後一班電車。
彼は 23 時 40 分の＿＿＿＿＿に間に合わなかった。

③ （1秒後）➡ 影子跟讀法

未遵守交通規則而受了傷的那個男人被送往醫院了。
＿＿＿＿＿でけがした男の人が病院に運ばれた。

④ （1秒後）➡ 影子跟讀法

如果把車停在這裡，就會是違規停車喔。
ここに駐車すると、＿＿＿＿＿になりますよ。

⑤ （1秒後）➡ 影子跟讀法

想開車的話，就非得考到駕照不可。
車を＿＿＿＿＿たければ、免許を取らなければならない。

⑥ （1秒後）➡ 影子跟讀法

④ 信号無視　　⑤ 駐車違反　　⑥ 運転し

133

02 ▢▢▢

とお
通る ▶ ㊉ 經過；通過；穿透；合格；知名；了解；進來 ▶ バスが通る。
巴士經過。 ▶

03 ▢▢▢

の か
乗り換える ▶ ㊉下一・自下一 轉乘，換車；改變 ▶ 別のバスに乗り換える。
改搭別的公車。 ▶

04 ▢▢▢

しゃない
車内アナウンス ▶ ㊂ 車内 announce，車廂內廣播 ▶ 車内アナウンスが聞こえる。
聽到車廂內廣播。 ▶

05 ▢▢▢

ふ
踏む ▶ ㊉他五 踩住，踩到；踏上；實踐 ▶ ブレーキを踏む。
踩煞車。 ▶

06 ▢▢▢

と
止まる ▶ ㊉ 停止；止住；堵塞 ▶ 赤信号で止まる。
停紅燈。 ▶

07 ▢▢▢

ひろ
拾う ▶ ㊉他五 撿拾；挑出；接；叫車 ▶ タクシーを拾う。
叫計程車。 ▶

08 ▢▢▢

お
下りる・
お
降りる ▶ ㊉自上一 下來；下車；退位 ▶ 車を下りる。
下車。 ▶

参考答案　❶ 通ります　❷ 乗り換えて　❸ 車内アナウンス

巴士會經過家門前。

家の前をバスが_____。

① （1秒後）➡ 影子跟讀法

我想在東京車站轉乘中央線到立川車站。

東京駅で中央線に_____立川駅まで行きたいと思います。

② （1秒後）➡ 影子跟讀法

車內廣播告知：「電車即將抵達上野。」

「この電車はまもなく上野に到着します」と_____が流れていた。

③ （1秒後）➡ 影子跟讀法

在過彎時踩煞車，可能導致車子無法順利轉彎，很危險。

カーブの途中でブレーキを_____と、車は曲がらなくなって危ないです。

④ （1秒後）➡ 影子跟讀法

這個一開始吃就愈吃愈想吃。

これは、食べ始めると_____。

⑤ （1秒後）➡ 影子跟讀法

距離有點遠，攔輛計程車吧。

ちょっと遠いからタクシーを_____ましょう。

⑥ （1秒後）➡ 影子跟讀法

從這麼高的地方沒辦法走下來呀。

こんなに高かったら、歩いて_____られないわ。

⑦ （1秒後）➡ 影子跟讀法

④ 踏む　　⑤ 止まらない　　⑥ 拾い　　⑦ 降り

09 □□□

注意{ちゅう　い}
▶ (名・自サ) 注意，小心 ▶ 足元{あしもと}に注意{ちゅう　い}しましょう。
小心腳滑。

10 □□□

通う{かよ}
▶ (自五) 來往，往來（兩地間）；通連，相通 ▶ 学校{がっこう}に通う{かよ}。
上學。

11 □□□

戻る{もど}
▶ (自五) 回到；折回 ▶ 家{いえ}に戻る{もど}。
回到家。

12 □□□

寄る{よ}
▶ (自五) 順道去…；接近；增多 ▶ 近く{ちか}に寄って{よ}見る{み}。
靠近看。

13 □□□

揺れる{ゆ}
▶ (自下一) 搖動；動搖 ▶ 車{くるま}が揺れる{ゆ}。
車子晃動。

参考答案　① 注意{ちゅう　い}して　② 通い{かよ}　③ 戻って{もど}

不管訓過小誠多少次，他就是不肯用功。

模
仿 誠君はいくら＿＿＿＿＿＿も勉強しない。

① （1秒後）➡ 影子跟讀法

這陣子開始不搭巴士，改騎自行車上學了。

模
仿 このごろ、バスをやめて、自転車で学校に＿＿＿＿＿＿始めた。

② （1秒後）➡ 影子跟讀法

錢包雖然找回來了，但是裡面的錢已經不見了。

模
仿 財布は＿＿＿＿＿＿きたけれど、中のお金はなくなっていた。

③ （1秒後）➡ 影子跟讀法

我打算去購物的途中順便繞到美髮沙龍。

模
仿 買い物に行く途中で、美容院に＿＿＿＿＿＿つもりだ。

④ （1秒後）➡ 影子跟讀法

「今天早上發生了大地震對吧！」「是呀，搖得真厲害啊。」

模
仿 「今朝大きな地震があったよね！」「ええ、結構＿＿＿＿＿＿わね。」

⑤ （1秒後）➡ 影子跟讀法

---

④ 寄る　　⑤ 揺れた

趣味、芸術、年中行事
興趣、藝術、節日

01 ☐☐☐

あそ
遊び

㊒ 遊玩，玩耍；不做事；間隙；閒遊；餘裕

うち あそ き
家に遊びに来てください。
來我家玩。

02 ☐☐☐

お もちゃ
玩具

㊒ 玩具

お もちゃ か
玩具を買う。
買玩具。

03 ☐☐☐

こ とり
小鳥

㊒ 小鳥

こ とり か
小鳥を飼う。
養小鳥。

04 ☐☐☐

めずら
珍しい

㊒ 少見，稀奇

めずら え
珍しい絵がある。
有珍貴的畫作。

05 ☐☐☐

つ
釣る

㊌五 釣魚；引誘

さかな つ
魚を釣る。
釣魚。

06 ☐☐☐

よ やく
予約

㊒・他サ 預約

よ やく と
予約を取る。
預約。

07 ☐☐☐

しゅっぱつ
出発

㊒・自サ 出發；起步，開始

しゅっぱつ おく
出発が遅れる。
出發延遲。

穿上這個去公園玩吧。

これを着<ruby>き<rt></rt></ruby>て公園<ruby>こうえん<rt></rt></ruby>に_____に行<ruby>い<rt></rt></ruby>きましょう。

① （1秒後）➡ 影子跟讀法

蔬菜和水果的賣場位於本館地下1樓，玩具賣場則位於新館4樓。

野菜<ruby>やさい<rt></rt></ruby>や果物<ruby>くだもの<rt></rt></ruby>は本館<ruby>ほんかん<rt></rt></ruby>の地下<ruby>ちか<rt></rt></ruby>1階<ruby>かい<rt></rt></ruby>、_____は新館<ruby>しんかん<rt></rt></ruby>の4階<ruby>かい<rt></rt></ruby>にございます。

② （1秒後）➡ 影子跟讀法

那幅小鳥的圖畫得真生動呀！

あの_____の絵<ruby>え<rt></rt></ruby>、上手<ruby>じょうず<rt></rt></ruby>ですねえ。

③ （1秒後）➡ 影子跟讀法

今年罕見地下了大雪。

今年<ruby>ことし<rt></rt></ruby>は_____大雪<ruby>おおゆき<rt></rt></ruby>が降<ruby>ふ<rt></rt></ruby>りました。

④ （1秒後）➡ 影子跟讀法

聽說在那家旅館可以在窗前釣魚。

その旅館<ruby>りょかん<rt></rt></ruby>では、窓<ruby>まど<rt></rt></ruby>から魚<ruby>さかな<rt></rt></ruby>が_____らしい。

⑤ （1秒後）➡ 影子跟讀法

這家餐廳的預約已經排到半年後了。

このレストランは、半年先<ruby>はんとしさき<rt></rt></ruby>まで_____でいっぱいです。

⑥ （1秒後）➡ 影子跟讀法

出發的時間早了30分鐘。

_____の時間<ruby>じかん<rt></rt></ruby>が30分早<ruby>ぶんはや<rt></rt></ruby>くなりました。

⑦ （1秒後）➡ 影子跟讀法

④ 珍<ruby>めずら<rt></rt></ruby>しく　　⑤ 釣<ruby>つ<rt></rt></ruby>れる　　⑥ 予約<ruby>よやく<rt></rt></ruby>　　⑦ 出発<ruby>しゅっぱつ<rt></rt></ruby>

08 □□□

あんない
案内 ▸ 名・他サ 引導；陪同 遊覽，帶路；傳達 ▸
あんない　たの
案内を頼む。
請人帶路。 ▸

09 □□□

けんぶつ
見物 ▸ 名・他サ 観光，参観 ▸
けんぶつ　で
見物に出かける。
外出遊覽。 ▸

10 □□□

たの
楽しむ ▸ 他五 享受，欣賞，快 樂；以…為消遣；期 待，盼望 ▸
おんがく　たの
音楽を楽しむ。
欣賞音樂。 ▸

11 □□□

け しき
景色 ▸ 名 景色，風景 ▸
け しき
景色がよい。
景色宜人。 ▸

12 □□□

み
見える ▸ 自下一 看見；看得見； 看起來 ▸
ほし　み
星が見える。
看得見星星。 ▸

13 □□□

りょかん
旅館 ▸ 名 旅館 ▸
りょかん　よ やく
旅館の予約をとる。
訂旅館。 ▸

14 □□□

と
泊まる ▸ 自五 住宿，過夜； （船）停泊 ▸
と
ホテルに泊まる。
住飯店。 ▸

参考答案　❶
あんない
案内して　❷
けんぶつ
見物して　❸
たの
楽しんだ

住在東京的朋友為我導覽了新宿。

とうきょう　ともだち　しんじゅく
東京の友達が新宿を＿＿＿＿＿くれました。

① （1秒後）➡ 影子跟讀法

我計畫今天在京都觀光，明天前往大阪。

きょう　きょうと　あした　おおさか　む
今日は京都を＿＿＿＿、明日は大阪に向かうつもりだ。

② （1秒後）➡ 影子跟讀法

一面欣賞夜景，一面慢慢品味一杯紅酒。

やけい　なが　ぱい
夜景を眺めながら、1杯のワインをゆっくり＿＿＿＿＿。

③ （1秒後）➡ 影子跟讀法

哇！這麼壯觀的景色在日本看不到吧！

にほん　み
うわあ。こんな ＿＿＿＿、日本では見られないね。

④ （1秒後）➡ 影子跟讀法

從房間的窗戶可以遠望富士山。

へや　まど　ふじさん
部屋の窓から富士山が＿＿＿＿＿。

⑤ （1秒後）➡ 影子跟讀法

溫泉小鎮裡有許多旅館和旅店，很熱鬧。

おんせんがい
温泉街はホテルや＿＿＿＿＿がたくさんあってにぎやかです。

⑥ （1秒後）➡ 影子跟讀法

我覺得住的地方最好在出發前就先預約。

しゅっぱつまえ　よやく　ほう　おも
＿＿＿＿＿ところは、出発前に予約した方がいいと思う。

⑦ （1秒後）➡ 影子跟讀法

④ けしき 景色　　⑤ み 見えます　　⑥ りょかん 旅館　　⑦ と 泊まる

141

15 □□□

お土産 （みやげ）
▶ ⑧ 當地名產；禮物

お土産を買う。
買當地名產。

10-2 文芸／
藝文活動 ♪

01 □□□

趣味 （しゅみ）
▶ ⑧ 嗜好；趣味

趣味が多い。
興趣廣泛。

02 □□□

番組 （ばんぐみ）
▶ ⑧ 節目

番組が始まる。
節目開始播放（開始的時間）。

03 □□□

展覧会 （てんらんかい）
▶ ⑧ 展覽會

美術展覧会を開く。
舉辦美術展覽。

04 □□□

花見 （はなみ）
▶ ⑧ 賞花（常指賞櫻）

花見に出かける。
外出賞花。

05 □□□

人形 （にんぎょう）
▶ ⑧ 娃娃，人偶

ひな祭りの人形を飾る。
擺放女兒節的人偶。

買了兩條漂亮的手帕當作伴手禮。

＿＿＿＿＿＿＿は、きれいなハンカチを2枚、買いました。

① （1秒後）➡ 影子跟讀法

我的興趣是旅行。

私の＿＿＿＿＿＿＿は旅行です。

② （1秒後）➡ 影子跟讀法

這個節目將在這個月結束。

この＿＿＿＿＿＿＿は今月で終わります。

③ （1秒後）➡ 影子跟讀法

內田先生也特地來看了我的畫展。

私の絵の＿＿＿＿＿＿＿に、内田さんも来てくださった。

④ （1秒後）➡ 影子跟讀法

「賞櫻」指的是在春天欣賞櫻花。

「お＿＿＿＿＿＿＿」は、春に桜の花を見て楽しむことです。

⑤ （1秒後）➡ 影子跟讀法

女兒節的人偶一擺放出來，房間頓時變得很漂亮。

ひな祭りの＿＿＿＿＿＿＿を飾ったら、部屋がきれいになりました。

⑥ （1秒後）➡ 影子跟讀法

④ 展覧会　　⑤ 花見　　⑥ 人形

06 □□□

ピアノ ▸ ⑧ piano，鋼琴 ▸ ピアノを弾^ひく。
彈鋼琴。 ▸

07 □□□

コンサート ▸ ⑧ concert，音樂會 コンサートを開^{ひら}く。
開演唱會。 ▸

08 □□□

ラップ ▸ ⑧ rap，饒舌樂，饒
舌歌 ▸ ラップを聞^きく。
聽饒舌音樂。 ▸

09 □□□

音^{おと} ▸ ⑧（物體發出的）
聲音；音訊 ▸ 音^{おと}がいい。
音質好。 ▸

10 □□□

聞^きこえる ▸ ⑥下一 聽得見，能聽
到；聽起來像是…；
聞名 ▸ 音楽^{おんがく}が聞^きこえてくる。
聽得見音樂。 ▸

11 □□□

踊^{おど}り ▸ ⑧ 舞蹈 踊^{おど}りがうまい。
舞跳得好。 ▸

12 □□□

踊^{おど}る ▸ ⑥五 跳舞，舞蹈 お酒^{さけ}を飲^のんで踊^{おど}る。
邊喝酒邊跳舞。 ▸

參考答案 ❶ ピアノ ❷ コンサート ❸ ラップ

我想在過了 50 歲以後開始學鋼琴。

50 歳を過ぎてから、＿＿＿＿＿を習い始めたいと思います。

① （1秒後）➡ 影子跟讀法

聽說演唱會在星期六和星期天各有一場，你要去哪一場呢？

＿＿＿＿＿が、土曜日と日曜日にあるそうですね。どちらに行きますか。

② （1秒後）➡ 影子跟讀法

我很喜歡饒舌音樂，時常聽。

＿＿＿＿＿ミュージックが好きで、よく聴いています。

③ （1秒後）➡ 影子跟讀法

已經習慣電車吵雜的聲響了。

電車の＿＿＿＿＿がうるさいのはもう慣れた。

④ （1秒後）➡ 影子跟讀法

大聲講話以便讓大家聽清楚。

みんなに＿＿＿＿＿ように大きな声で話します。

⑤ （1秒後）➡ 影子跟讀法

從 3 歲開始學習舞蹈。

3 歳から＿＿＿＿＿を習い始めました。

⑥ （1秒後）➡ 影子跟讀法

您看過總經理邊喝酒邊跳舞的模樣嗎？

社長がお酒を飲んで＿＿＿＿＿のを見たことがありますか。

⑦ （1秒後）➡ 影子跟讀法

④ 音　　⑤ 聞こえる　　⑥ 踊り　　⑦ 踊る

13 □□□

うまい	▶ 形 高明，拿手；好吃；巧妙；有好處	ピアノがうまい。 鋼琴彈奏得好。 ▶

10-3 年中行事／節日 ♪

01 □□□

しょうがつ 正月	▶ 名 正月，新年 ▶	しょうがつ　むか 正月を迎える。 迎新年。 ▶

02 □□□

まつ お祭り	▶ 名 慶典，祭典，廟會 ▶	まつ　き ぶん お祭り気分になる。 充滿節日氣氛。 ▶

03 □□□

おこな 行う・ おこ 行なう	▶ 他五 舉行，舉辦；修行 ▶	まつ　おこな お祭りを行う。 舉辦慶典。 ▶

04 □□□

いわ お祝い	▶ 名 慶祝，祝福；祝賀禮品 ▶	いわ　はな お祝いに花をもらった。 收到花作為賀禮。 ▶

05 □□□

いの 祈る	▶ 他五 祈禱；祝福 ▶	あんぜん　いの 安全を祈る。 祈求安全。 ▶

参考答案　❶ うまい　❷ しょうがつ
正月　❸ まつ
お祭り

女兒開車的技術比我還要好喔！

運転は娘の方が僕より＿＿＿＿んですよ。

① （1秒後）➡ 影子跟讀法

小孩子在新年時可以領到「紅包」。

子どもはお＿＿＿＿に「お年玉」がもらえます。

② （1秒後）➡ 影子跟讀法

觀賞了祭典上的舞蹈。

＿＿＿＿の踊りを見物した。

③ （1秒後）➡ 影子跟讀法

明天將要舉行考試。

明日、試験が＿＿＿＿。

④ （1秒後）➡ 影子跟讀法

人家送了我鏡子作為搬家的賀禮。

引っ越しの＿＿＿＿に、鏡をもらった。

⑤ （1秒後）➡ 影子跟讀法

為您祈求一路平安。

道中のご無事をお＿＿＿＿申し上げます。

⑥ （1秒後）➡ 影子跟讀法

④ 行われます　⑤ お祝い　⑥ 祈り

147

06 □□□

プレゼント ▶ (名・他サ) present，禮物 ▶ プレゼントをもらう。
収到禮物。 ▶

07 □□□

<ruby>贈<rt>おく</rt></ruby>り<ruby>物<rt>もの</rt></ruby> ▶ (名) 贈品，禮物 ▶ <ruby>贈<rt>おく</rt></ruby>り<ruby>物<rt>もの</rt></ruby>を<ruby>贈<rt>おく</rt></ruby>る。
贈送禮物。 ▶

08 □□□

<ruby>美<rt>うつく</rt></ruby>しい ▶ (形) 美好的；美麗的，好看的 ▶ <ruby>月<rt>つき</rt></ruby>が<ruby>美<rt>うつく</rt></ruby>しい。
美麗的月亮。 ▶

09 □□□

<ruby>上<rt>あ</rt></ruby>げる ▶ (他下一) 給；送；交出；獻出 ▶ <ruby>子<rt></rt></ruby>どもにお<ruby>菓<rt>か</rt></ruby><ruby>子<rt>し</rt></ruby>をあげる。
給小孩零食。 ▶

10 □□□

<ruby>招待<rt>しょうたい</rt></ruby> ▶ (名・他サ) 邀請 ▶ <ruby>招待<rt>しょうたい</rt></ruby>を<ruby>受<rt>う</rt></ruby>ける。
接受邀請。 ▶

11 □□□

お<ruby>礼<rt>れい</rt></ruby> ▶ (名) 謝辭，謝禮 ▶ お<ruby>礼<rt>れい</rt></ruby>を<ruby>言<rt>い</rt></ruby>う。
道謝。 ▶

參考答案　❶ プレゼントします　❷ <ruby>贈<rt>おく</rt></ruby>り<ruby>物<rt>もの</rt></ruby>　❸ <ruby>美<rt>うつく</rt></ruby>しい

本節目將會致贈票券給正在收聽的各位聽眾作為禮物。

この番組を聞いているみなさんに、チケットを＿＿＿＿＿＿。

① （1秒後）➡ 影子跟讀法

到底該送什麼作為結婚賀禮呢？真傷腦筋。

結婚祝いにどんな＿＿＿＿＿をしようか、困っています。

② （1秒後）➡ 影子跟讀法

他身邊總是帶著漂亮的女生。

彼はいつも＿＿＿＿＿女性を連れている。

③ （1秒後）➡ 影子跟讀法

我們是警察！手舉高！

警察だ。手を＿＿＿＿＿！

④ （1秒後）➡ 影子跟讀法

朋友邀請我去了他家。

友達を家に＿＿＿＿＿＿。

⑤ （1秒後）➡ 影子跟讀法

送上這個作為謝禮。

＿＿＿＿＿に、これを差し上げます。

⑥ （1秒後）➡ 影子跟讀法

④ 上げろ ⑤ 招待しました ⑥ お礼

パート 11 第十一章 教育

教育

01 ☐☐☐

きょういく
教育 ▶ (名・他サ) 教育

きょういく う
教育を受ける。
接受教育。 ▶

02 ☐☐☐

しょうがっこう
小学校 ▶ (名) 小學

しょうがっこう あ
小学校に上がる。
上小學。 ▶

03 ☐☐☐

ちゅうがっこう
中学校 ▶ (名) 中學

ちゅうがっこう はい
中学校に入る。
上中學。 ▶

04 ☐☐☐

こうこう
高校・
こうとうがっこう
高等学校 ▶ (名) 高中

こうこう ねんせい
高校1年生になる。
成為高中1年級生。 ▶

05 ☐☐☐

がく ぶ
学部 ▶ (名) …科系；…院系

り がくぶ はい
理学部に入る。
進入理學院。 ▶

06 ☐☐☐

せんもん
専門 ▶ (名) 專門，專業

れき し がく せんもん
歴史学を専門にする。
專攻歷史學。 ▶

07 ☐☐☐

げん ご がく
言語学 ▶ (名) 語言學

げん ご がく けんきゅう つづ
言語学の研究を続ける。
持續研究語言學。 ▶

我們公司對於員工教育不遺餘力。

うちの会社では社員の_____に力を入れています。

① （1秒後）➡ 影子跟讀法

進入小學就讀時家裡買給我的書桌，直到現在我還在用。

_____入学のとき買ってもらった机を、今でも使っている。

② （1秒後）➡ 影子跟讀法

如果天氣晴朗，請在早上10點前到中學集合。

天気が良かったら、午前10時までに_____にお集まりください。

③ （1秒後）➡ 影子跟讀法

大家好，我叫雪繪，今年17歲，是高中2年級學生。

こんにちは、ゆきえです。17歳です。_____2年生です。

④ （1秒後）➡ 影子跟讀法

想進入醫學系必須成績優異才行。

医_____に入るには、成績がよくなければならない。

⑤ （1秒後）➡ 影子跟讀法

請問您在研究所專攻什麼領域呢？

大学院での_____は何ですか。

⑥ （1秒後）➡ 影子跟讀法

往後仍將持續研究語言學。

これからも_____の研究を続けていきます。

⑦ （1秒後）➡ 影子跟讀法

④ 高校　　⑤ 学部　　⑥ 専門　　⑦ 言語学

08 ☐☐☐

けいざいがく
経済学 ▶ 名 經濟學

けいざいがく べんきょう はじ
経済学の勉強を始める。
開始研讀經濟學。

09 ☐☐☐

いがく
医学 ▶ 名 醫學

いがくぶ はい
医学部に入る。
考上醫學系。

10 ☐☐☐

けんきゅうしつ
研究室 ▶ 名 研究室

けんきゅうしつ しごと
研究室で仕事をする。
在研究室工作。

11 ☐☐☐

かがく
科学 ▶ 名 科學

かがくしゃ
科学者になりたい。
想當科學家。

12 ☐☐☐

すうがく
数学 ▶ 名 數學

えいご いちばん
英語はクラスで一番だが、
すうがく
数学はだめだ。
我英文是全班第一，但是數學不行。

13 ☐☐☐

れきし
歴史 ▶ 名 歷史

れきし くわ
ワインの歴史に詳しい。
精通紅葡萄酒歷史。

14 ☐☐☐

けんきゅう
研究 ▶ 名・他サ 研究

ぶんがく けんきゅう
文学を研究する。
研究文學。

自從來到日本以後開始研讀了 經濟學。
日本に来てから_____の勉強を始めました。

① （1秒後）➡ 影子跟讀法

我怎麼可能考得上醫學系！
僕が_____部に入れるはずがない。

② （1秒後）➡ 影子跟讀法

打了電話到田中老師的研究室，但是沒有人接聽。
田中先生の_____に電話をかけたが、誰もいなかった。

③ （1秒後）➡ 影子跟讀法

弟弟說想當科學家，每天都用功讀書。
弟は、_____者になりたいといって、勉強しています。

④ （1秒後）➡ 影子跟讀法

我告訴朋友數學題目的答案了。
友達に、_____の問題の答えを教えてやりました。

⑤ （1秒後）➡ 影子跟讀法

最近的年輕人似乎不太讀歷史書。
最近の若者は、あまり_____の本を読まないようだ。

⑥ （1秒後）➡ 影子跟讀法

每天游一小時，然後看錄下來的影片，檢討自己的游泳動作。
毎日1時間泳いで、そしてビデオを見て、自分の泳ぎ方を_____。

⑦ （1秒後）➡ 影子跟讀法

④ 科学　　⑤ 数学　　⑥ 歴史　　⑦ 研究します

153

11-2 学生生活／
學生生活

01 □□□

にゅうがく
入学 ▶ 名・自サ 入學

だいがく　にゅうがく
大学に入学する。
上大學。

02 □□□

よしゅう
予習 ▶ 名・他サ 預習

あした　すうがく　よしゅう
明日の数学を予習する。
預習明天的數學。

03 □□□

ふくしゅう
復習 ▶ 名・他サ 複習

ふくしゅう　た
復習が足りない。
複習做得不夠。

04 □□□

け
消しゴム ▶ 名 消し＋(荷)gom，
橡皮擦

け　け
消しゴムで消す。
用橡皮擦擦掉。

05 □□□

こうぎ
講義 ▶ 名・他サ 講義，上課，
大學課程

こうぎ　で
講義に出る。
上課。

06 □□□

じてん
辞典 ▶ 名 字典

じてん　ひ
辞典を引く。
查字典。

07 □□□

ひるやす
昼休み ▶ 名 午休

ひるやす　と
昼休みを取る。
午休。

我買了自行車送給弟弟作為入學賀禮。

弟の＿＿＿＿＿＿祝いに自転車を買ってやりました。

① （1秒後）➡ 影子跟讀法

預習是為了知道「哪裡不懂」所做的準備。

＿＿＿＿＿＿は「どこがわからないか」を知るために行うものです。

② （1秒後）➡ 影子跟讀法

成為中學生之後，預習和複習都必須自己來。

中学生になったら、予習と＿＿＿＿＿＿を自分でやらなければなりません。

③ （1秒後）➡ 影子跟讀法

橡皮擦不知道到哪裡去了。

＿＿＿＿＿＿がどこかに行ってしまった。

④ （1秒後）➡ 影子跟讀法

星期二從9點開始上課。

火曜日は9時から＿＿＿＿＿＿がある。

⑤ （1秒後）➡ 影子跟讀法

後天的課程必須用到辭典，請務必帶來。

あさっての授業には＿＿＿＿＿＿が必要なので、必ず持って来るようにということです。

⑥ （1秒後）➡ 影子跟讀法

在午休時段大家一起做體操是這家公司的慣例。

＿＿＿＿＿＿にみんなで体操をするのは、この会社の習慣です。

⑦ （1秒後）➡ 影子跟讀法

④ 消しゴム　　⑤ 講義　　⑥ 辞典　　⑦ 昼休み

08 □□□

試験
_{し けん}

▶ (名・他サ) 試験；考試 ▶ 試験がうまくいく。
_{し けん}
考試順利，考得好。 ▶

09 □□□

レポート

▶ (名・他サ) report，報告 ▶ レポートを書く。
_か
寫報告。 ▶

10 □□□

前期
_{ぜん き}

▶ (名) 初期，前期，上半期 ▶ 前期の授業が終わった。
_{ぜん き} _{じゅぎょう} _お
上學期的課程結束了。 ▶

11 □□□

後期
_{こう き}

▶ (名) 後期，下半期，後半期 ▶ 後期に入る。
_{こう き} _{はい}
進入後期。 ▶

12 □□□

卒業
_{そつぎょう}

▶ (名・自サ) 畢業 ▶ 大学を卒業する。
_{だいがく} _{そつぎょう}
大學畢業。 ▶

13 □□□

卒業式
_{そつぎょうしき}

▶ (名) 畢業典禮 ▶ 卒業式に出る。
_{そつぎょうしき} _で
參加畢業典禮。 ▶

14 □□□

英会話
_{えいかい わ}

▶ (名) 英語會話 ▶ 英会話を身につける。
_{えいかい わ} _み
學會英語會話。 ▶

參考答案　① 試験　② レポート　③ 前期
_{し けん} _{ぜん き}

明天會發表考試結果。

_____の結果は明日発表いたします。

① （1秒後）➡ 影子跟讀法

我會幫你改報告，完成後拿過來。

直してあげるから、_____ができたら持ってきなさい。

② （1秒後）➡ 影子跟讀法

今天是上半期課程的最後一天。

_____の授業は今日で最後です。

③ （1秒後）➡ 影子跟讀法

進入孕期後期，終於快要生產了。

妊娠_____に入ると、いよいよ出産も近づいてきます。

④ （1秒後）➡ 影子跟讀法

我想在大學畢業前考到證照。

大学_____までに資格を取りたい。

⑤ （1秒後）➡ 影子跟讀法

畢業典禮順利結束，學生生涯終於劃下句點了。

_____も無事に終わって、学生生活もとうとう終わってしまった。

⑥ （1秒後）➡ 影子跟讀法

在上英語會話課之前先查好新的詞彙。

_____のレッスンの前に、新しい言葉を調べておきます。

⑦ （1秒後）➡ 影子跟讀法

④ 後期　　⑤ 卒業　　⑥ 卒業式　　⑦ 英会話

15 □□□

しょしんしゃ
初心者 ▶ 名 初學者 ▶ テニスの初心者に向ける。
以網球初學者為對象。

16 □□□

にゅうもんこうざ
入門講座 ▶ 名 入門課程，初級 ▶ 入門講座を終える。
課程 結束入門課程。

17 □□□

かんたん
簡単 ▶ 形動 簡單；輕易；簡 ▶ 簡単になる。
便 變得簡單。

18 □□□

こた
答え ▶ 名 回答；答覆；答案 ▶ 答えが合う。
答案正確。

19 □□□

まちが
間違える ▶ 他下一 錯；弄錯 ▶ 同じところを間違える。
錯同樣的地方。

20 □□□

うつ
写す ▶ 他五 抄；照相；描寫， ▶ ノートを写す。
描繪 抄筆記。

21 □□□

せん
線 ▶ 名 線；線路；界限 ▶ 線を引く。
畫條線。

所謂初學者是指第一次學習的人，或是剛剛學習的人。
_____とは、初(はじ)めて習(なら)う人(ひと)、習(なら)い始(はじ)めたばかりの人(ひと)のことです。

① （1秒後）➡ 影子跟讀法

那是初學者也能夠輕鬆聽懂的入門講座。
それは初心者(しょしんしゃ)にも分(わ)かりやすい_____です。

② （1秒後）➡ 影子跟讀法

新上市的相機聽說更容易操作使用。
新(あたら)しく出(で)るカメラ、もっと_____になるんだって。

③ （1秒後）➡ 影子跟讀法

考試的答案，已經寫好了。
テストの_____は、もう書(か)きました。

④ （1秒後）➡ 影子跟讀法

找錯零，挨罵了。
おつりの計算(けいさん)を_____、叱(しか)られた。

⑤ （1秒後）➡ 影子跟讀法

「拍相片」和「照相片」是相同的意思。
「写真(しゃしん)を_____」と「写真(しゃしん)を撮(と)る」は同(おな)じ意味(いみ)です。

⑥ （1秒後）➡ 影子跟讀法

在車站的月台上要站在白線後面。
駅(えき)のホームでは白(しろ)い_____の内側(うちがわ)に立(た)ちます。

⑦ （1秒後）➡ 影子跟讀法

④ 答(こた)え　⑤ 間違(まちが)えて　⑥ 写(うつ)す　⑦ 線(せん)

22 □□□

てん
点 ▶ 名 點；方面；（得）分

てん と
点を取る。
得分。 ▶

23 □□□

お
落ちる ▶ 自上一 落下；掉落；
降低，下降；落選

かい きょうしつ お
２階の教室から落ちる。
從２樓的教室摔下來。 ▶

24 □□□

りょう
利用 ▶ 名・他サ 利用

き かい りょう
機会を利用する。
利用機會。 ▶

25 □□□

いじ
苛める ▶ 他下一 欺負，虐待；
捉弄；折磨

しんにゅうせい いじ
新入生を苛める。
欺負新生。 ▶

26 □□□

ねむ
眠たい ▶ 形 昏昏欲睡，睏倦

ねむ ふ とん はい
眠たくてお布団に入りた
い。
覺得睏，好想鑽到被子裡。 ▶

我少了一分，沒通過考試。

1 _____足りなくて、試験に落ちてしまった。

① （1秒後）➡ 影子跟讀法

樹葉飄落路面了。

木の葉が道に_____いました。

② （1秒後）➡ 影子跟讀法

感謝各位乘客搭乘市營地鐵。

本日も市営地下鉄をご_____いただき、ありがとうございます。

③ （1秒後）➡ 影子跟讀法

每天都被霸凌，我再也不想上學了。

毎日_____、もう学校に行きたくない。

④ （1秒後）➡ 影子跟讀法

如果覺得睏，就去用冷水洗把臉！

_____ら冷たい水で顔を洗ってきなさい。

⑤ （1秒後）➡ 影子跟讀法

④ いじめられて　　⑤ 眠たかった

パート 12 第十二章 職業、仕事
職業、工作

01 ☐☐☐

うけつけ
受付
▶ ㊂ 詢問處；受理；接待員

うけつけ な まえ か
受付で名前などを書く。
在櫃臺填寫姓名等資料。

02 ☐☐☐

うんてんしゅ
運転手
▶ ㊂ 司機

でんしゃ うんてんしゅ
電車の運転手になる。
成為電車的駕駛員。

03 ☐☐☐

かん ご し
看護師
▶ ㊂ 護理師，護士

かん ご し
看護師になる。
成為護士。

04 ☐☐☐

けいかん
警官
▶ ㊂ 警察；巡警

あに けいかん
兄は警官になった。
哥哥當上警察了。

05 ☐☐☐

けいさつ
警察
▶ ㊂ 警察；警察局

けいさつ よ
警察を呼ぶ。
叫警察。

06 ☐☐☐

こうちょう
校長
▶ ㊂ 校長

こうちょうせんせい はな
校長先生が話されます。
校長要致詞了。

07 ☐☐☐

こう む いん
公務員
▶ ㊂ 公務員

こう む いん し けん う
公務員試験を受ける。
報考公務員考試。

如果訂6點在會場報到處集合，你覺得如何？

① 6時に会場の_____のところに集まったらどうでしょう。

（1秒後）➡ 影子跟讀法

我的夢想是成為電車的駕駛員。

② 電車の_____になるのが夢です。

（1秒後）➡ 影子跟讀法

我以前想當音樂老師，現在則希望成為護理師。

③ 前は音楽の先生になりたいと思っていました。今は_____になろうと思っています。

（1秒後）➡ 影子跟讀法

我以警官的身分為社會服務。

④ 僕は_____として社会のために働く。

（1秒後）➡ 影子跟讀法

警察為我們抓到了竊賊。

⑤ _____が泥棒を捕まえてくれた。

（1秒後）➡ 影子跟讀法

校長要致詞了，大家保持安靜！

⑥ _____先生が話されます。静かにしましょう。

（1秒後）➡ 影子跟讀法

不同於以往，現在的公務員工作繁重。

⑦ 昔と違って今は_____も大変です。

（1秒後）➡ 影子跟讀法

---

④ 警官　　⑤ 警察　　⑥ 校長　　⑦ 公務員

08 ☐☐☐

歯医者（は いしゃ） ▸ 名 牙醫

歯医者（は いしゃ）に行（い）く。
看牙醫。

09 ☐☐☐

アルバイト ▸ 名 （徳）arbeit 之略，打工，副業

書店（しょてん）でアルバイトをする。
在書店打工。

10 ☐☐☐

新聞社（しんぶんしゃ） ▸ 名 報社

新聞社（しんぶんしゃ）に勤（つと）める。
在報社上班。

11 ☐☐☐

工業（こうぎょう） ▸ 名 工業

工業（こうぎょう）を盛（さか）んにする。
振興工業。

12 ☐☐☐

時給（じ きゅう） ▸ 名 時薪

時給（じ きゅう）900円（えん）の仕事（し ごと）を選（えら）ぶ。
選擇時薪 900 圓的工作。

13 ☐☐☐

見付（み つ）ける ▸ 他下一 找到，發現；目睹

仕事（し ごと）を見（み）つける。
找工作。

14 ☐☐☐

探（さが）す・捜（さが）す ▸ 他五 尋找，找尋

アルバイトを探（さが）す。
尋找打工。

参考答案 ① 歯医者（は いしゃ） ② アルバイト ③ 新聞社（しんぶんしゃ）

請牙醫師裝了兩顆全瓷牙冠。
_____にセラミックの歯を２本入れてもらった。

① （1秒後）➡ 影子跟讀法

大澤一天到晚忙著打工，成績卻很優異。
大沢君は、_____ばかりしているのに、成績がいい。

② （1秒後）➡ 影子跟讀法

學生說他將來想到報社工作。
学生は、将来_____に勤めたいと言っている。

③ （1秒後）➡ 影子跟讀法

對工業用製品而言，尼龍是不可或缺的原材料。
ナイロンは_____用製品にとってなくてはならない素材である。

④ （1秒後）➡ 影子跟讀法

如果在便利商店打工的話，時薪大概多少錢呢？
コンビニエンスストアでアルバイトすると、_____はいくらぐらいですか。

⑤ （1秒後）➡ 影子跟讀法

等到滿 20 歲，我想找地方工作。
二十歳になったら仕事を_____働きたい。

⑥ （1秒後）➡ 影子跟讀法

等孩子上小學了以後，我想去找個工作兼差。
子どもが小学生になったら、パートの仕事を_____と思う。

⑦ （1秒後）➡ 影子跟讀法

④ 工業　　⑤ 時給　　⑥ 見つけて　　⑦ 探そう

12-2 仕事／
職場工作 ♫

01 □□□

けいかく
計画 ▶ 名・他サ 計劃

けいかく た
計画を立てる。
制定計畫。 ▶

02 □□□

よ てい
予定 ▶ 名・他サ 預定

よ てい か
予定が変わる。
改變預定計劃。 ▶

03 □□□

と ちゅう
途中 ▶ 名 半路上，中途；半途 ▶

と ちゅう や
途中で止める。
中途停下來。 ▶

04 □□□

かた づ
片付ける ▶ 他下一 收拾，打掃；
解決

かた づ
ファイルを片付ける。
整理檔案。 ▶

05 □□□

たず
訪ねる ▶ 他下一 拜訪，訪問

きゃく たず
お客さんを訪ねる。
拜訪顧客。 ▶

06 □□□

よう
用 ▶ 名 事情；用途

よう
用がすむ。
工作結束。 ▶

07 □□□

よう じ
用事 ▶ 名 事情；工作

よう じ
用事がある。
有事。 ▶

關於往後的計畫容我在此說明。

これからの＿＿＿＿についてご説明いたします。

① （1秒後）➡ 影子跟讀法

我計畫下週五回去。

来週の金曜日に帰る＿＿＿＿です。

② （1秒後）➡ 影子跟讀法

前往蔬果店的途中，我在蛋糕店買了冰淇淋。

八百屋に行く＿＿＿＿、ケーキ屋でアイスクリームを買った。

③ （1秒後）➡ 影子跟讀法

桌子只留下3張就好，其他的請收起來。

テーブルは三つだけにして、他は＿＿＿＿ください。

④ （1秒後）➡ 影子跟讀法

見到兒女和孫兒來探望，令祖父看起來很開心呢！

お祖父さんは子どもや孫たちが＿＿＿＿きて嬉しそうだ。

⑤ （1秒後）➡ 影子跟讀法

我不想看到你（沒你的事），滾回去！

おまえに＿＿＿＿はない。帰れ。

⑥ （1秒後）➡ 影子跟讀法

不好意思，因為有事所以沒辦法去。

すみません。＿＿＿＿があるので行けません。

⑦ （1秒後）➡ 影子跟讀法

④ 片付けて　　⑤ 訪ねて　　⑥ 用　　⑦ 用事

08 □□□

りょうほう
両方　▶ 名 両方・兩種

りょうほう　　いけん　　き
両方の意見を聞く。
聽取雙方意見。

09 □□□

つ ごう
都合　▶ 名 情況・方便度

つ ごう　　わる
都合が悪い。
不方便。

10 □□□

て つだ
手伝う　▶ 自他五 幫忙

て つだ
イベントを手伝う。
幫忙做活動。

11 □□□

かい ぎ
会議　▶ 名 會議

かい ぎ　　はじ
会議が始まる。
會議開始。

12 □□□

ぎ じゅつ
技術　▶ 名 技術

ぎ じゅつ　　すす
技術が進む。
技術更進一步。

13 □□□

う　ば　ば
売り場　▶ 名 賣場・出售處；
出售好時機

う　ば　　い
売り場へ行く。
去賣場。

14 □□□

オフ　▶ 名 off・（開關）關；
休假；休賽；折扣

25パーセントオフにする。
打 75 折。

参考答案　① りょうほう 両方　② つごう 都合　③ てつだ 手伝って

肺部左右兩邊都有，但是右側的比較大。
肺は左右＿＿＿＿＿＿にあるが、右側の方が大きい。

① （1秒後）➡影子跟讀法

因為妹妹時間不方便，所以就派我去了。
妹が＿＿＿＿＿＿が悪くなったから、僕が行かされた。

② （1秒後）➡影子跟讀法

我無論何時都樂於幫你的忙。
いつでも、＿＿＿＿＿＿あげます。

③ （1秒後）➡影子跟讀法

請在會議開始之前關掉手機電源。
＿＿＿＿＿＿の前に、携帯電話の電源を切っておきます。

④ （1秒後）➡影子跟讀法

醫療技術再怎麼進步，總是躲不過老化與死亡。
どんなに医療＿＿＿＿＿＿が進んでも、老いと死は避けられない。

⑤ （1秒後）➡影子跟讀法

敬告各位貴賓，專櫃已於上個月異動。
お客様にお知らせします。先月、＿＿＿＿＿＿が変わりました。

⑥ （1秒後）➡影子跟讀法

不上班的日子，早上可以盡情睡到飽再起床。
＿＿＿＿＿＿の日は、朝ゆっくり起きてもいい。

⑦ （1秒後）➡影子跟讀法

④ 会議　　　⑤ 技術　　　⑥ 売り場　　　⑦ オフ

12-3 職場での生活／
職場生活 ♪

01 □□□

遅れる（おく） ▸ 自下一 遅到；緩慢 ▸ 会社（かいしゃ）に遅（おく）れる。
上班遅到。 ▸

02 □□□

頑張る（がんば） ▸ 自五 努力，加油；堅持 ▸ 最後（さいご）まで頑張（がんば）るぞ。
要堅持到底啊。 ▸

03 □□□

厳しい（きび） ▸ 形 嚴格；嚴重；嚴酷 ▸ 仕事（しごと）が厳（きび）しい。
工作艱苦。 ▸

04 □□□

慣れる（な） ▸ 自下一 習慣；熟悉 ▸ 新（あたら）しい仕事（しごと）に慣（な）れる。
習慣新的工作。 ▸

05 □□□

出来る（でき） ▸ 自上一 完成；能夠；做出；發生；出色 ▸ 計画（けいかく）ができた。
計畫完成了。 ▸

06 □□□

叱る（しか） ▸ 他五 責備，責罵 ▸ 部長（ぶちょう）に叱（しか）られた。
被部長罵了。 ▸

07 □□□

謝る（あやま） ▸ 自五 道歉，謝罪；認錯；謝絕 ▸ 君（きみ）に謝（あやま）る。
向你道歉。 ▸

10 點開始開會，請切勿遲到。

10 時から会議です。＿＿＿＿＿ないように。

1　（1秒後）➡ 影子跟讀法

加油！只要努力就辦得到！

＿＿＿＿＿！やればできる。

2　（1秒後）➡ 影子跟讀法

這次新上任的經理聽說要求很嚴格。

今度の新しい部長は、＿＿＿＿＿人だそうです。

3　（1秒後）➡ 影子跟讀法

我已經習慣被經理罵了。

部長に叱られるのは、もう＿＿＿＿＿。

4　（1秒後）➡ 影子跟讀法

薪資視具有外語能力與否而有所不同。

外国語が＿＿＿＿＿かどうかで、給料が違います。

5　（1秒後）➡ 影子跟讀法

由於結帳收銀太慢，總是遭到客人的責備。

レジを打つのが遅いため、いつもお客さんに＿＿＿＿＿。

6　（1秒後）➡ 影子跟讀法

有些事只要道歉就可以原諒，有些事就算道歉也不值得原諒。

＿＿＿＿＿ば済むことと、＿＿＿＿＿も済まないことがある。

7　（1秒後）➡ 影子跟讀法

4 慣れました　　5 できる　　6 叱られます　　7 謝れ、謝って

171

08 ☐☐☐

さ
下げる
▸ (他下一) 降低，向下；掛；躲開；整理，收拾
▸ あたま さ
頭を下げる。
低下頭。
▸

09 ☐☐☐

や
辞める
▸ (他下一) 停止；取消；離職
し ごと や
仕事を辞める。
辭去工作。
▸

10 ☐☐☐

き かい
機会
▸ (名) 機會
き かい え
機会を得る。
得到機會。
▸

11 ☐☐☐

いち ど
一度
▸ (名・副) 一次，一回；一旦
いち ど せつめい
もう一度説明してください。
請再說明一次。
▸

12 ☐☐☐

つづ
続く
▸ (自五) 繼續；接連；跟著
かれ つづ せつめい
彼は続いてそれを説明した。
他接下來就那件事進行說明。
▸

13 ☐☐☐

つづ
続ける
▸ (他下一) 持續，繼續；接著
はなし つづ
話を続ける。
繼續講。
▸

14 ☐☐☐

ゆめ
夢
▸ (名) 夢
ゆめ み
夢を見る。
做夢。
▸

參考答案　① さ
下げる　② や
辞めた　③ き かい
機会

我們主管只會向位階比他高的人低頭致歉。

うちの上司は、地位の高い人にだけ頭を＿＿＿＿＿＿。

① （1秒後）➡ 影子跟讀法

這樣一想，還是離職比較好。

こう考えると、会社を＿＿＿＿＿＿ほうがいい。

② （1秒後）➡ 影子跟讀法

好不容易才學會的日語總是遇不到發揮的機會。

せっかく覚えた日本語をなかなか使う＿＿＿＿＿＿がない。

③ （1秒後）➡ 影子跟讀法

真想爬一次富士山啊！

＿＿＿＿＿＿富士山に登ってみたいな。

④ （1秒後）➡ 影子跟讀法

這是流行性感冒喔，說不定會連續高燒３天。

これはインフルエンザですね。３日ほど高い熱が＿＿＿＿＿＿かもしれません。

⑤ （1秒後）➡ 影子跟讀法

要持續寫部落格需要很大的毅力。

ブログを書き＿＿＿＿＿＿のは、けっこう大変なことだ。

⑥ （1秒後）➡ 影子跟讀法

已過世的奶奶出現在我的夢裡。

＿＿＿＿＿＿に死んだ祖母が出てきた。

⑦ （1秒後）➡ 影子跟讀法

④ 一度　　⑤ 続く　　⑥ 続ける　　⑦ 夢

15 □□□

パート

名 part，打工；部分，篇，章；職責，（扮演的）角色；分得的一份

パートで<ruby>働<rt>はたら</rt></ruby>く。
打零工。

16 □□□

<ruby>手伝<rt>て つだ</rt></ruby>**い**

名 幫助；幫手；幫傭

<ruby>手伝<rt>て つだ</rt></ruby>いを<ruby>頼<rt>たの</rt></ruby>む。
請求幫忙。

17 □□□

<ruby>会議室<rt>かい ぎ しつ</rt></ruby>

名 會議室

<ruby>会議室<rt>かい ぎ しつ</rt></ruby>に<ruby>入<rt>はい</rt></ruby>る。
進入會議室。

18 □□□

<ruby>部長<rt>ぶ ちょう</rt></ruby>

名 部長，經理

<ruby>部長<rt>ぶ ちょう</rt></ruby>は<ruby>厳<rt>きび</rt></ruby>しい<ruby>人<rt>ひと</rt></ruby>だ。
經理是個很嚴格的人。

19 □□□

<ruby>課長<rt>か ちょう</rt></ruby>

名 課長，科長

<ruby>課長<rt>か ちょう</rt></ruby>になる。
成為科長。

20 □□□

<ruby>進<rt>すす</rt></ruby>**む**

自五 進展，前進；上升（級別等）；進步；（鐘）快；引起食慾；（程度）提高

<ruby>仕事<rt>し ごと</rt></ruby>が<ruby>進<rt>すす</rt></ruby>む。
工作進展下去。

21 □□□

チェック

名・他サ check，檢查

チェックが<ruby>厳<rt>きび</rt></ruby>しい。
檢驗嚴格。

参考答案　❶ パート　❷ <ruby>手伝<rt>て つだ</rt></ruby>い　❸ <ruby>会議室<rt>かい ぎ しつ</rt></ruby>

家母目前每星期在超市打工 3 天。

母はスーパーで週 3 日、_____ をしています。

① （1秒後）➡ 影子跟讀法

我協助住院患者用餐。

入院している人の食事の_____ をします。

② （1秒後）➡ 影子跟讀法

請把這個箱子搬去會議室。

この箱は、_____ に運んでください。

③ （1秒後）➡ 影子跟讀法

經理為人嚴謹，不允許部屬遲到。

_____ は遅刻を許さない厳しい人です。

④ （1秒後）➡ 影子跟讀法

科長仔細檢查了我交上去的文件。

_____ に書類を細かくチェックされました。

⑤ （1秒後）➡ 影子跟讀法

往前走 800 公尺左右，過橋後的左邊有一座網球場。

800 メートルくらい_____、橋を渡ると、左にテニスコートがあります。

⑥ （1秒後）➡ 影子跟讀法

舉凡經過這裡的車輛全部都經過了嚴格的查核。

ここを通る車はすべて厳しく_____ されました。

⑦ （1秒後）➡ 影子跟讀法

④ 部長　　⑤ 課長　　⑥ 進み　　⑦ チェック

22 □□□

べつ
別

▶ (名・形動) 別外，別的；區別

べつ　き かい　　あ
別の機会に会おう。
找別的機會碰面吧。 ▶

23 □□□

むか
迎える

▶ (他下一) 迎接；邀請；娶，招；迎合

きゃく　むか
客を迎える。
迎接客人。 ▶

24 □□□

す
済む

▶ (自五) （事情）完結，結束；過得去，沒問題；（問題）解決，（事情）了結

よう じ　　す
用事が済んだ。
辦完事了。 ▶

25 □□□

ね ぼう
寝坊

▶ (名・形動・自サ) 睡懶覺，貪睡晚起的人

ね ぼう　　　かいしゃ　　おく
寝坊して会社に遅れた。
睡過頭，上班遲到。 ▶

12-4 パソコン関係／
電腦相關 ♪

01 □□□

ノートパソコン

▶ (名) notebook personal computer 之略，筆記型電腦

か
ノートパソコンを買う。
買筆電。

02 □□□

デスクトップパソコン

▶ (名) desktop personal computer，桌上型電腦

か
デスクトップパソコンを買う。
購買桌上型電腦。 ▶

参考答案　❶ べつ
別　　❷ むか
迎え　　❸ す
済ませた

他都已經有女朋友了，卻還愛上了別人。

彼女がいるのに、＿＿＿＿＿＿の人を好きになってしまいました。

① （1秒後）➡ 影子跟讀法

爸爸開車來接我了。

父が車で＿＿＿＿＿＿に来てくれた。

② （1秒後）➡ 影子跟讀法

早餐用麵包和咖啡打發了。

朝食はパンとコーヒーで＿＿＿＿＿＿。

③ （1秒後）➡ 影子跟讀法

我睡過頭，害朋友足足等了一個鐘頭。

＿＿＿＿＿＿、友達を1時間も待たせてしまいました。

④ （1秒後）➡ 影子跟讀法

我用8萬圓買了這台筆記型電腦。

私はこの＿＿＿＿＿＿を8万円で買いました。

⑤ （1秒後）➡ 影子跟讀法

在桌上型電腦桌面上設置了可愛的花型時鐘。

かわいい花のかたちの時計を＿＿＿＿＿＿＿に置いてみました。

⑥ （1秒後）➡ 影子跟讀法

---

④ 寝坊して　⑤ ノートパソコン　⑥ デスクトップパソコン

03 ☐☐☐

キーボード ▶ ㊝ keyboard，鍵盤；
電腦鍵盤；電子琴

キーボードが壊れる。
鍵盤壞掉了。 ▶

04 ☐☐☐

マウス ▶ ㊝ mouse，滑鼠；老鼠 ▶

マウスを動かす。
移動滑鼠。 ▶

05 ☐☐☐

スタートボ ▶ ㊝ start button，（微
タン 軟作業系統的）開機
鈕

スタートボタンを押す。
按開機鈕。 ▶

06 ☐☐☐

クリック ▶ ㊝・他サ click，喀嚓聲；
按下（按鍵）

ボタンをクリックする。
按按鍵。 ▶

07 ☐☐☐

にゅうりょく
入力 ▶ ㊝・他サ 輸入；輸入
數據

名字を平仮名で入力する。
姓名以平假名鍵入。 ▶

08 ☐☐☐

（インター）▶ ㊝ internet，網際網路 ▶
ネット

インターネットの普及。
網際網路的普及。 ▶

09 ☐☐☐

ホームペー ▶ ㊝ homepage，網站首
ジ 頁；網頁（總稱）

ホームページを作る。
製作網頁。 ▶

① この＿＿＿＿＿＿は私が使っているものと並び方が違います。
這個鍵盤跟我正在用的鍵盤，按鍵的排列方式不同。
（1秒後）➡ 影子跟讀法

② ＿＿＿＿＿の使い方が分かりません。
我不知道滑鼠的使用方法。
（1秒後）➡ 影子跟讀法

③ この機械の赤い＿＿＿＿＿＿を押したら電気が付きますよ。
只要按下這部機器的紅色啟動按鈕，就會亮起來囉！
（1秒後）➡ 影子跟讀法

④ スタートボタンを右＿＿＿＿＿すると、スタートメニューが出てきます。
移到起始按鈕按下右鍵就會出現起始表單。
（1秒後）➡ 影子跟讀法

⑤ 平仮名で＿＿＿＿＿することができますか。
請問可以用平假名輸入嗎？
（1秒後）➡ 影子跟讀法

⑥ 赤ちゃんの名前を＿＿＿＿＿＿で調べてみた。
在網路上搜尋了新生兒的姓名。
（1秒後）➡ 影子跟讀法

⑦ 新しい情報は＿＿＿＿＿＿に載せています。
最新資訊刊登在網站首頁上。
（1秒後）➡ 影子跟讀法

④ クリック　⑤ 入力　⑥ インターネット　⑦ ホームページ

179

10 ☐☐☐

ブログ
▸ 名 blog，部落格
▸ ブログに写真を載せる。
在部落格裡貼照片。 ▸

11 ☐☐☐

インストール
他サ install，安裝（電腦軟體） ▸
ソフトをインストールする。
安裝軟體。 ▸

12 ☐☐☐

じゅしん
受信
▸ 名・他サ （郵件、電報等）接收；收聽
ここでは受信できない。
這裡接收不到。 ▸

13 ☐☐☐

しんきさくせい
新規作成
名・他サ 新作，從頭做起；（電腦檔案）開新檔案 ▸
ファイルを新規作成する。
開新檔案。

14 ☐☐☐

とうろく
登録
▸ 名・他サ 登記；（法）登記，註冊；記錄
パソコンで登録する。
用電腦註冊。 ▸

15 ☐☐☐

メール
▸ 名 mail，電子郵件；信息；郵件
メールを送る。
送信。 ▸

16 ☐☐☐

メールアドレス
▸ 名 mail address，電子信箱地址，電子郵件地址
メールアドレスを教える。
把電子郵件地址留給你。 ▸

参考答案　❶ ブログ　　❷ インストール　　❸ 受信

太慢更新部落格了，非常抱歉。

①＿＿＿＿＿＿＿の更新が遅くなってしまい、大変申しわけ
ありません。
（1秒後）➡ 影子跟讀法

把軟體灌進去以後，電腦就當機了。

②ソフトを＿＿＿＿＿＿＿したら、パソコンが動かなく
なってしまった。
（1秒後）➡ 影子跟讀法

收到的中文電子郵件變成亂碼了。

③＿＿＿＿＿＿＿した中国語のメールが文字化けしてしまっ
た。
（1秒後）➡ 影子跟讀法

當看到新增檔案的畫面出現後，請點選新增檔案的按鈕。

④＿＿＿＿＿＿＿の画面が現れましたら、＿＿＿＿＿＿＿ボタンを
クリックします。
（1秒後）➡ 影子跟讀法

密碼是您親自註冊過的4位數字。

⑤暗証番号はご自身で＿＿＿＿＿＿＿していただいた４桁の
数字です。
（1秒後）➡ 影子跟讀法

都已經聯絡那麼多次了，就算再怎麼沒空，至少總會收個信吧？

⑥何度も連絡したのに、いくら時間がなくても、＿＿＿＿＿＿＿を
見るぐらいできたでしょう？
（1秒後）➡ 影子跟讀法

我把電子郵件信箱留給你，有沒有紙筆呢？

⑦僕の＿＿＿＿＿＿＿を教えますから、何か書くものは
ありますか。
（1秒後）➡ 影子跟讀法

④ 新規作成　⑤ 登録　⑥ メール　⑦ メールアドレス

17 ☐☐☐

アドレス ▶ ⑧ address，住址，地址；（電子信箱）地址；（高爾夫）擊球前姿勢 ▶ アドレス帳を開く。
打開通訊簿。 ▶

18 ☐☐☐

宛先（あてさき）▶ ⑧ 收件人姓名地址，送件地址 ▶ あて先を間違えた。
寫錯收信人的地址。 ▶

19 ☐☐☐

件名（けんめい）▶ ⑧（電腦）郵件主旨；項目名稱；類別 ▶ 件名をつける。
寫上主旨。 ▶

20 ☐☐☐

挿入（そうにゅう）▶ ⑧・他サ 插入，裝入 ▶ 図を挿入する。
插入圖片。 ▶

21 ☐☐☐

差出人（さしだしにん）▶ ⑧ 發信人，寄件人 ▶ 差出人の住所を書く。
填上寄件人地址。 ▶

22 ☐☐☐

添付（てんぷ）▶ ⑧・他サ 添上，附上；（電子郵件）附加檔案 ▶ ファイルを添付する。
附上文件。 ▶

23 ☐☐☐

送信（そうしん）▶ ⑧・自サ 發送（電子郵件）；（電）發報，播送，發射 ▶ メールを送信する。
寄電子郵件。 ▶

請告訴我電子郵件的帳號。

メール_____を教えてください。

① （1秒後）➡ 影子跟讀法

打錯電子郵件的帳號，結果被退回來了。

メールの_____を間違えて、戻ってきてしまった。

② （1秒後）➡ 影子跟讀法

寄送電子郵件時，主旨要寫得簡單扼要喔。

メールを送るときには、分かりやすい_____をつけましょう。

③ （1秒後）➡ 影子跟讀法

請在內頁的最後插入廣告。

本文の最後に広告を_____ください。

④ （1秒後）➡ 影子跟讀法

寫明信片的時候，寄件者的姓名要寫在明信片的正面。

はがきを書くときは、_____の名前ははがきの表に書きます。

⑤ （1秒後）➡ 影子跟讀法

後面附上了在圖書館影印的資料，敬請參閱。

図書館でコピーした資料を_____いたしましたので、ご参考までにご覧ください。

⑥ （1秒後）➡ 影子跟讀法

我寄錯電子郵件了。

メールを間違って_____しまった。

⑦ （1秒後）➡ 影子跟讀法

④ 挿入して　⑤ 差出人　⑥ 添付　⑦ 送信して

24 ☐☐☐

てんそう
転送 ▶ 名・他サ 轉送，轉寄，轉遞

きゃくさま　てんそう
お客様に転送する。
轉寄給客戶。 ▶

25 ☐☐☐

キャンセル ▶ 名・他サ cancel，取消，作廢；廢除

よ やく
予約をキャンセルする。
取消預約。 ▶

26 ☐☐☐

ファイル ▶ 名 file，文件夾；合訂本，卷宗；（電腦）檔案

ファイルをコピーする。
影印文件；備份檔案。 ▶

27 ☐☐☐

ほ ぞん
保存 ▶ 名・他サ 保存；儲存（電腦檔案）

し りょう　ほ ぞん
PC に資料を保存する。
把資料存在 PC 裡。 ▶

28 ☐☐☐

へんしん
返信 ▶ 名・自サ 回信，回電

へんしん　ま
返信を待つ。
等待回信。 ▶

29 ☐☐☐

コンピューター ▶ 名 computer，電腦

つか
コンピューターを使う。
使用電腦。 ▶

30 ☐☐☐

スクリーン ▶ 名 screen，銀幕

まえ　た
スクリーンの前に立つ。
出現在銀幕上。 ▶

把電子郵件轉寄給部長了。

部長にメールを＿＿＿＿＿しました。

① （1秒後）➡ 影子跟讀法

取消了飯店的訂房。

ホテルを＿＿＿＿＿しました。

② （1秒後）➡ 影子跟讀法

傳真後，請放進文件夾歸檔。

ファックスしてから、＿＿＿＿＿に入れておいてください。

③ （1秒後）➡ 影子跟讀法

用別的檔名來儲存會比較好喔。

別の名前で＿＿＿＿＿した方がいいですよ。

④ （1秒後）➡ 影子跟讀法

敬請於確認之後回信，麻煩您了。

お手数ですが、ご確認のうえご＿＿＿＿＿をお願いします。

⑤ （1秒後）➡ 影子跟讀法

我正在找能夠用電腦做簡單的文書和繪圖的人才。

＿＿＿＿＿で簡単な文や絵が書ける人を探している。

⑥ （1秒後）➡ 影子跟讀法

銀幕是指播映電影的布幕。

＿＿＿＿＿は映画を映す幕のことだ。

⑦ （1秒後）➡ 影子跟讀法

④ 保存　　⑤ 返信　　⑥ コンピューター　　⑦ スクリーン

31 □□□

パソコン ▶ 名 personal computer 之略，個人電腦

パソコンが動かなくなってしまった。
電腦當機了。

32 □□□

ワープロ ▶ 名 word processor 之略，文字處理機

ワープロを打つ。
打文字處理機。

パート
13
第十三章

経済、政治、法律
経濟、政治、法律

13-1 経済、取引／
經濟、交易 ♪

01 □□□

けいざい
経済 ▶ 名 經濟

けいざい
経済をよくする。
讓經濟好起來。

02 □□□

ぼうえき
貿易 ▶ 名 國際貿易

ぼうえき　　おこな
貿易を行う。
進行貿易。

03 □□□

さか
盛ん ▶ 形動 繁盛，興盛

ゆうきのうぎょう　さか　　おこな
有機農業が盛んに行われている。
有機農業非常盛行。

参考答案 　① パソコン 　② ワープロ 　③ 経済

電腦即使打開電源，也沒辦法立刻啟動。

①　＿＿＿＿＿＿の電源を入れてもすぐには動かない。

（1秒後）➡ 影子跟讀法

這台文書處理機操作簡單，非常棒。

②　この＿＿＿＿＿＿は簡単に使えて、とてもいいです。

（1秒後）➡ 影子跟讀法

他不僅通曉經濟問題，在教育方面也知之甚詳。

③　彼は＿＿＿＿＿＿問題ばかりか、教育についても詳しい。

（1秒後）➡ 影子跟讀法

目前日本和台灣之間貿易往來暢旺。

④　日本と台湾の間では、＿＿＿＿＿＿が盛んに行われている。

（1秒後）➡ 影子跟讀法

這小鎮工業跟商業都很興盛。

⑤　この町は、工業も＿＿＿＿＿＿し商業も＿＿＿＿＿＿。

（1秒後）➡ 影子跟讀法

④ 貿易　　　　⑤ 盛んだ

04 □□□

輸出（ゆしゅつ）
▶（名・他サ）出口

米の輸出が増えた。
稲米的外銷量増加了。

05 □□□

品物（しなもの）
▶（名）物品，東西；貨品

品物を紹介する。
介紹商品。

06 □□□

特売品（とくばいひん）
▶（名）特賣商品，特價商品

特売品を買う。
買特價商品。

07 □□□

バーゲン
▶（名）bargain sale之略，特價・出清；特賣

バーゲンセールで買った。
在特賣會購買的。

08 □□□

値段（ねだん）
▶（名）價錢

値段を上げる。
提高價格。

09 □□□

上がる（あ）
▶（自五）登上；升高・上升；發出（聲音）；（從水中）出來；（事情）完成

値段が上がる。
漲價。

10 □□□

呉れる（く）
▶（他下一）給我

考える機会をくれる。
給我思考的機會。

自1996年起，稻米的外銷量又增加了。

① 1996年からは、米の＿＿＿＿がまた増えてきました。
（1秒後）➡ 影子跟讀法

再過一個月，冬季商品應該就會降價了吧。

② あと1ヶ月もすれば、冬の＿＿＿＿は安くなるだろう。
（1秒後）➡ 影子跟讀法

本店的特價品很便宜，所以銷路很好。

③ うちの＿＿＿＿は安いから、よく売れている。
（1秒後）➡ 影子跟讀法

特賣會時來了很多懂得精打細算的觀光客。

④ ＿＿＿＿セールに賢い観光客がおおぜい来た。
（1秒後）➡ 影子跟讀法

比較A店的價格和B店的價格。

⑤ A店の＿＿＿＿とB店の＿＿＿＿を比べます。
（1秒後）➡ 影子跟讀法

貓咪爬到電視機上把玩偶弄掉了。

⑥ 猫が、テレビの上に＿＿＿＿人形を落とした。
（1秒後）➡ 影子跟讀法

這本書，可以幫我還給田中老師嗎？

⑦ この本、田中先生に返して＿＿＿＿？
（1秒後）➡ 影子跟讀法

④ バーゲン　　⑤ 値段　　⑥ 上がって　　⑦ くれる

11 ☐☐☐

貰(もら)う ▶ 他五 收到，拿到 ▶ いいアイディアを貰(もら)う。
得到好點子。 ▶

12 ☐☐☐

遣(や)る ▶ 他五 派；給，給予；做 ▶ 会議(かいぎ)をやる。
開會。 ▶

13 ☐☐☐

中止(ちゅうし) ▶ 名・他サ 中止 ▶ 交渉(こうしょう)が中止(ちゅうし)された。
交涉被停止了。 ▶

13-2 金融／
金融 ♪

01 ☐☐☐

通帳記入(つうちょうきにゅう) ▶ 名 補登錄存摺 ▶ 通帳記入(つうちょうきにゅう)をする。
補登錄存摺。 ▶

02 ☐☐☐

暗証番号(あんしょうばんごう) ▶ 名 密碼 ▶ 暗証番号(あんしょうばんごう)を忘(わす)れた。
忘記密碼。 ▶

03 ☐☐☐

キャッシュ
カード ▶ 名 cash card，金融卡，提款卡 ▶ キャッシュカードを拾(ひろ)う。
撿到金融卡。 ▶

参考答案　❶ もらいました　❷ やる　❸ 中止(ちゅうし)

経済、政治、法律

我收到了朋友從台灣帶來的烏龍茶伴手禮。

友達に台湾土産のウーロン茶を＿＿＿＿＿＿。

① （1秒後）➡ 影子跟讀法

這麼多工作都要在今天之內做完，根本不可能。

こんなにたくさんの仕事を今日中に＿＿＿＿＿のは、無理です。

② （1秒後）➡ 影子跟讀法

假如下雨，就取消旅行。

雨が降れば、旅行は＿＿＿＿＿です。

③ （1秒後）➡ 影子跟讀法

存摺內頁已經刷滿了。

＿＿＿＿＿欄がいっぱいになった。

④ （1秒後）➡ 影子跟讀法

萬一忘記就糟糕了，去把這個密碼抄起來！

忘れるといけないから、この＿＿＿＿＿を写しておきなさい。

⑤ （1秒後）➡ 影子跟讀法

我忘記把金融卡帶來了。

＿＿＿＿＿を忘れてきました。

⑥ （1秒後）➡ 影子跟讀法

④ 通帳記入　　⑤ 暗証番号　　⑥ キャッシュカード

191

04 □□□

クレジット
カード

▶ 名 credit card，信用卡 ▶

クレジットカードで支払
う。
用信用卡支付。

05 □□□

こうきょうりょうきん
公共料金

▶ 名 公共費用 ▶

こうきょうりょうきん し はら
公共料金を支払う。
支付公共費用。

06 □□□

し おく
仕送り

▶ 名・自他サ 匯寄生活費
或學費

いえ し おく
家に仕送りする。
給家裡寄生活費。

07 □□□

せいきゅうしょ
請求書

▶ 名 帳單，繳費單 ▶

せいきゅうしょ とど
請求書が届く。
收到繳費通知單。

08 □□□

おく
億

▶ 名 億；數量眾多 ▶

おく こ
1億を超えた。
已經超過一億了。

09 □□□

はら
払う

▶ 他五 付錢；除去；處
裡；驅趕；揮去

かね はら
お金を払う。
付錢。

10 □□□

お釣り

▶ 名 找零 ▶

つ くだ
お釣りを下さい。
請找我錢。

上個月刷信用卡買太多東西了。

^{せんげつ}先月、＿＿＿＿＿＿＿＿＿で買い^{もの}物をし過ぎました。

① （1秒後）➡ 影子跟讀法

4月份起，水電瓦斯等公共事業費用即將調漲。

^{がつ}4月から^{でんき}電気、ガス、^{すいどう}水道などの＿＿＿＿＿＿が^{たか}高くなる。

② （1秒後）➡ 影子跟讀法

沒有讓父母補貼生活費，憑一己之力讀到了大學畢業。

^{おや}親の＿＿＿＿＿＿＿を受けずに^{だいがく}大学を^{そつぎょう}卒業した。

③ （1秒後）➡ 影子跟讀法

---

40 萬的修繕估價單送來了。

^{しゅうりひ}修理費として 40 ^{まん}万の＿＿＿＿＿＿＿が^{とど}届いた。

④ （1秒後）➡ 影子跟讀法

人口日漸增加，已經超過一億人了。

^{じんこう}人口はどんどん^ふ増えて、1 ＿＿＿＿＿＿^{にんこ}人を超えた。

⑤ （1秒後）➡ 影子跟讀法

因為沒有繳錢，手機被停話了。

^{かね}お金を＿＿＿＿＿＿＿ので、^{けいたいでんわ}携帯電話を^と止められた。

⑥ （1秒後）➡ 影子跟讀法

只要按下這顆按鈕，找零就會掉出來。

このボタンを^お押すと、＿＿＿＿＿＿＿が^で出ます。

⑦ （1秒後）➡ 影子跟讀法

---

④ ^{せいきゅうしょ}請求書　　⑤ ^{おく}億　　⑥ ^{はら}払わなかった　　⑦ ^つお釣り

11 ☐☐☐

せいさん
生産 ▶ (名・他サ) 生産

せいさん　ま　あ
生産が間に合わない。
來不及生産。 ▶

12 ☐☐☐

さんぎょう
産業 ▶ (名) 産業

がいしょくさんぎょう　さか
外食産業が盛んだ。
外食産業蓬勃發展。 ▶

13 ☐☐☐

わりあい
割合 ▶ (名) 比，比例

わりあい　しら
割合を調べる。
調查比例。 ▶

13-3 政治、法律／
政治、法律 ♪

01 ☐☐☐

せい じ
政治 ▶ (名) 政治

せい じ　かんけい
政治に関係する。
參與政治。 ▶

02 ☐☐☐

えら
選ぶ ▶ (他五) 選擇

ただ　　　　　　　えら
正しいものを選びなさい。
請選出正確的物品。 ▶

03 ☐☐☐

しゅっせき
出席 ▶ (名・自サ) 出席

しゅっせき　もと
出席を求める。
請求出席。 ▶

参考答案　❶ せいさん
生産　❷ さんぎょう
産業　❸ わりあい
割合

地震導致汽車停止生產。

地震の影響で車の_____が止まった。

① （1秒後）➡ 影子跟讀法

近幾年來，各種外食產業蓬勃發展。

ここ数年、多様な外食_____が盛んです。

② （1秒後）➡ 影子跟讀法

成本當中，人事費的佔比大約是百分之 30。

経費の中で、人件費の_____は約 30 パーセント です。

③ （1秒後）➡ 影子跟讀法

政治和經濟那些事我不懂。

_____とか経済とかのことは分かりません。

④ （1秒後）➡ 影子跟讀法

您為什麼選擇了這份工作呢？

どうしてこの仕事を_____か。

⑤ （1秒後）➡ 影子跟讀法

本公司除我之外還有 8 名出席，其他公司則將有 4 位客戶蒞臨。

会社からは私のほか 8 名が_____、ほかの会社か らお客様が 4 名いらっしゃる。

⑥ （1秒後）➡ 影子跟讀法

④ 政治　　⑤ 選びました　　⑥ 出席

04 □□□

戦争（せんそう）
▶ 名・自サ 戦爭；打仗

戦争（せんそう）になる。
開戰。

05 □□□

規則（きそく）
▶ 名 規則・規定

規則（きそく）を作（つく）る。
訂立規則。

06 □□□

法律（ほうりつ）
▶ 名 法律

法律（ほうりつ）を守（まも）る。
守法。

07 □□□

約束（やくそく）
▶ 名・他サ 約定，規定

約束（やくそく）を守（まも）る。
守約。

08 □□□

決める（き）
▶ 他下一 決定；規定；認定

値段（ねだん）を決（き）めた。
決定價錢。

09 □□□

立てる（た）
▶ 他下一 立起，訂立；揚起；維持

1年（ねん）の計画（けいかく）を立（た）てる。
規劃一年的計畫。

10 □□□

もう一つ（ひと）
▶ 連語 再一個；還差一點

もう一（ひと）つ考（かんが）えられる。
還有一點可以思考。

参考答案　❶ 戦争（せんそう）　❷ 規則（きそく）　❸ 法律（ほうりつ）

こんにちは。

（1秒後）こんにちは。

影子跟讀法請看 P5

13

經濟、政治、法律

我認為戰爭的真相必須讓子孫了解才行。

① _____のことは孫の代まで伝えていかなければならないと思っている。
（1秒後）➡ 影子跟讀法

根據公司的規定，每天需工作8小時。

② 会社の_____では、1日8時間働くことになっています。
（1秒後）➡ 影子跟讀法

任何人都必須遵守法律才行。

③ 誰でも_____は守らなければならない。
（1秒後）➡ 影子跟讀法

和梨花約好12點在電影院見面。

④ 12時にリカちゃんと映画館で会う_____がある。
（1秒後）➡ 影子跟讀法

垃圾只能在規定的日期拿去丟棄。

⑤ ゴミは_____曜日に出さなくてはいけない。
（1秒後）➡ 影子跟讀法

這項「計畫」的重點是不要規劃無法完成的計畫。

⑥ この「計画」のポイントは、無理な計画を_____ことです。
（1秒後）➡ 影子跟讀法

請給我看另一件。

⑦ _____別のものを見せてください。

（1秒後）➡ 影子跟讀法

④ 約束　⑤ 決められた　⑥ 立てない　⑦ もう一つ

197

13-4 犯罪、トラブル／
犯罪、遇難 ♪

01 □□□

痴漢（ちかん）　▸ 名 色狼

電車（でんしゃ）で痴漢（ちかん）にあった。
在電車上遇到色狼了。　▸

02 □□□

ストーカー　▸ 名 stalker，跟蹤狂　▸

ストーカーにあう。
遇到跟蹤事件。　▸

03 □□□

すり　▸ 名 扒手

すりに財布（さいふ）をやられた。
錢包被扒手扒走了。　▸

04 □□□

泥棒（どろぼう）　▸ 名 偷竊；小偷，竊賊 ▸

泥棒（どろぼう）を捕（つか）まえた。
捉住了小偷。　▸

05 □□□

盗（ぬす）む　▸ 他五 偷盜，盜竊

お金（かね）を盗（ぬす）む。
偷錢。　▸

06 □□□

壊（こわ）す　▸ 他五 弄碎；破壞

鍵（かぎ）を壊（こわ）す。
破壞鑰匙。　▸

07 □□□

逃（に）げる　▸ 自下一 逃走，逃跑；
逃避；領先（運動競賽）

警察（けいさつ）から逃（に）げる。
從警局逃出。　▸

参考答案　① 痴漢（ちかん）　② ストーカー　③ スリ

我在電車上看到了色狼。

① 電車で_____を見ました。

（1秒後）➡ 影子跟讀法

最近出現了一個疑似跟蹤狂的人，該怎麼辦才好呢？

② 最近、_____らしい人がいるのですが、どうしたらいいでしょうか。

（1秒後）➡ 影子跟讀法

放了信用卡的錢包被扒手偷走了。

③ クレジットカードが入った財布を_____に盗まれた。

（1秒後）➡ 影子跟讀法

由於窗玻璃破了，馬上就知道遭到了小偷入侵。

④ 窓ガラスが割れていたので、すぐ_____に入られたことが分かった。

（1秒後）➡ 影子跟讀法

才剛買的自行車被偷了。

⑤ 買ったばかりの自転車が_____。

（1秒後）➡ 影子跟讀法

老是吃冰涼的食物，會弄壞肚子喔！

⑥ 冷たい物ばかり食べていると、おなかを_____よ。

（1秒後）➡ 影子跟讀法

地震發生時不可以搭乘電梯逃生。

⑦ 地震のとき、エレベーターで_____はいけません。

（1秒後）➡ 影子跟讀法

④ 泥棒　⑤ 盗まれた　⑥ 壊す　⑦ 逃げて

08 □□□

<ruby>捕<rt>つか</rt></ruby>まえる

▶ (他下一) 逮捕，抓；握住

<ruby>犯人<rt>はんにん</rt></ruby>を<ruby>捕<rt>つか</rt></ruby>まえる。
抓犯人。

09 □□□

<ruby>見付<rt>み つ</rt></ruby>かる

▶ (自五) 發現了；找到

<ruby>落<rt>お</rt></ruby>とし<ruby>物<rt>もの</rt></ruby>が<ruby>見<rt>み</rt></ruby>つかる。
找到遺失物品。

10 □□□

<ruby>無<rt>な</rt></ruby>くす

▶ (他五) 弄丟，搞丟

<ruby>鍵<rt>かぎ</rt></ruby>をなくす。
弄丟鑰匙。

11 □□□

<ruby>落<rt>お</rt></ruby>とす

▶ (他五) 掉下；弄掉

<ruby>財布<rt>さい ふ</rt></ruby>を<ruby>落<rt>お</rt></ruby>とす。
錢包掉了。

12 □□□

<ruby>火事<rt>か じ</rt></ruby>

▶ (名) 火災

<ruby>火事<rt>か じ</rt></ruby>にあう。
遇到火災。

13 □□□

<ruby>危険<rt>き けん</rt></ruby>

▶ (名・形動) 危険

この<ruby>先<rt>さき</rt></ruby><ruby>危険<rt>き けん</rt></ruby>。<ruby>入<rt>はい</rt></ruby>るな。
前方危險，禁止進入！

14 □□□

<ruby>安全<rt>あんぜん</rt></ruby>

▶ (名・形動) 安全；平安

<ruby>安全<rt>あんぜん</rt></ruby>な<ruby>場所<rt>ば しょ</rt></ruby>に<ruby>逃<rt>に</rt></ruby>げよう。
逃往安全的場所吧。

参考答案　　❶ <ruby>捕<rt>つか</rt></ruby>まえる　　❷ <ruby>見<rt>み</rt></ruby>つからない　　❸ なくした

抓蟲子實在太噁心了，我辦不到。

虫を＿＿＿＿＿など気持ち悪くてだめです。

① （1秒後）➡ 影子跟讀法

雖然已經大學畢業了，但還沒找到工作。

大学は卒業したけれど、仕事が＿＿＿＿＿＿。

② （1秒後）➡ 影子跟讀法

請問您遺失的提包差不多有多大呢？

＿＿＿＿＿かばんはどれくらいの大きさですか。

③ （1秒後）➡ 影子跟讀法

由於掉了錢包，所以去了派出所。

財布を＿＿＿＿＿ため、交番に行きました。

④ （1秒後）➡ 影子跟讀法

為了因應地震和火災的發生，平時就要預作準備。

地震や＿＿＿＿＿が起きたときのために、ふだんから準備しておこう。

⑤ （1秒後）➡ 影子跟讀法

他打算要去危險的地方。

彼は＿＿＿＿＿ところに行こうとしている。

⑥ （1秒後）➡ 影子跟讀法

地震時為求安全起見，請勿搭乘電梯。

地震のときは、＿＿＿＿＿のため、エレベーターに乗らないでください。

⑦ （1秒後）➡ 影子跟讀法

④ 落とした　⑤ 火事　⑥ 危険な　⑦ 安全

数量、図形、大小

数量、圖形、大小

01 □□□

以下
い か

▶ 名 以下，不到…；
在…以下；以後

▶ 重さは 10 キロ以下にな
る。

重量規定在 10 公斤以下。

02 □□□

以内
い ない

▶ 名 不超過…；以內

▶ 1 時間以内で行ける。

一小時內可以到。

03 □□□

以上
い じょう

▶ 名 以上，不止，超
過，以外；上述

▶ 20 分以上遅れた。

遲到超過 20 分鐘。

04 □□□

足す
た

▶ 他五 補足，增加

▶ すこし塩を足してくださ
い。

請再加一點鹽巴。

05 □□□

足りる
た

▶ 自上一 足夠；可湊合

▶ お金は十分足りる。

錢很充裕。

06 □□□

多い
おお

▶ 形 多的

▶ 宿題が多い。

功課很多。

07 □□□

少ない
すく

▶ 形 少

▶ 休みが少ない。

休假不多。

我的國家從6月到8月非常寒冷，經常出現5度以下的氣溫。

私の国は、6月から8月はとても寒くて、5度＿＿＿＿＿＿の日が多いです。

1　（1秒後）➡ 影子跟讀法

您所訂購的商品將於2小時30分鐘之內送達。

ご注文いただいた商品を、2時間30分＿＿＿＿＿＿にお届けいたします。

2　（1秒後）➡ 影子跟讀法

在日本，從6月到8月都相當炎熱，經常出現30度以上的氣溫。

日本では、6月から8月はかなり暑くて、30度＿＿＿＿＿＿の日も多いです。

3　（1秒後）➡ 影子跟讀法

請加入一小匙味噌。

みそを小さじ1杯＿＿＿＿＿＿ください。

4　（1秒後）➡ 影子跟讀法

我想去歐洲玩一個月左右，請問40萬圓夠嗎？

1ヶ月ぐらいヨーロッパへ遊びに行きたいんですが、40万円で＿＿＿＿＿＿か。

5　（1秒後）➡ 影子跟讀法

請問京都的神社和寺院，哪一種比較多呢？

京都は、神社と寺とどちらが＿＿＿＿＿＿ですか。

6　（1秒後）➡ 影子跟讀法

醫院的伙食不但難吃而且份量又少，我再也不想吃了！

病院の食事はまずいし、＿＿＿＿＿＿し、もう嫌だ。

7　（1秒後）➡ 影子跟讀法

4 足して　　5 足ります　　6 多い　　7 少ない

203

08 □□□

増える ▶ 自下一 増加 ▶ お金が増える。
銭増加了。 ▶

09 □□□

形 ▶ 名 形狀；形，樣子；形式上的；形式 ▶ 形が変わる。
變形。 ▶

10 □□□

大きな ▶ 連體 大，大的 ▶ 学校に大きな木がある。
學校有一棵大樹。 ▶

11 □□□

小さな ▶ 連體 小，小的；年齡幼小 ▶ 小さな子どもがいる。
有年幼的小孩。 ▶

参考答案 ❶ 増えました ❷ 形 ❸ 大きな

自從戒菸之後，體重就增加了。

煙草をやめたら、体重が＿＿＿＿＿＿。

① （1秒後）➡ 影子跟讀法

這棵樹長得像人的形狀。

この木は、人のような＿＿＿＿＿をしています。

② （1秒後）➡ 影子跟讀法

一樓的鐘錶專櫃旁邊有一面超大型電視螢幕，約在那裡碰面應該比較容易找得到。

1 階の時計売り場の横に＿＿＿＿＿テレビ・スクリーンが
あるので、その前が分かりやすいと思います。

③ （1秒後）➡ 影子跟讀法

多數人都無法察覺的小地震，每年發生超過 5000 次。

多くの人が分からないくらいの＿＿＿＿＿地震は、1
年に 5000 回以上起きています。

④ （1秒後）➡ 影子跟讀法

④ 小さな

心理、思考、言語
心理、思考、語言

01 □□□

<ruby>心<rt>こころ</rt></ruby>

▶ 名 內心；心情

▶ <ruby>心<rt>こころ</rt></ruby>が<ruby>痛<rt>いた</rt></ruby>む。
感到痛心難過。 ▶

02 □□□

<ruby>気<rt>き</rt></ruby>

▶ 名 氣，氣息；心思；意識；性質

<ruby>気<rt>き</rt></ruby>に<ruby>入<rt>い</rt></ruby>る。
喜歡，中意。 ▶

03 □□□

<ruby>気分<rt>きぶん</rt></ruby>

▶ 名 情緒；氣氛；身體狀況

<ruby>気分<rt>きぶん</rt></ruby>がいい。
好心情。 ▶

04 □□□

<ruby>気持<rt>きも</rt></ruby>ち

▶ 名 心情；感覺；身體狀況

<ruby>気持<rt>きも</rt></ruby>ちが<ruby>悪<rt>わる</rt></ruby>い。
感到噁心。 ▶

05 □□□

<ruby>興味<rt>きょうみ</rt></ruby>

▶ 名 興趣

<ruby>興味<rt>きょうみ</rt></ruby>がない。
沒興趣。 ▶

06 □□□

<ruby>安心<rt>あんしん</rt></ruby>

▶ 名・自サ 放心，安心

<ruby>彼<rt>かれ</rt></ruby>と<ruby>一緒<rt>いっしょ</rt></ruby>だと<ruby>安心<rt>あんしん</rt></ruby>する。
和他一起，便感到安心。 ▶

07 □□□

<ruby>凄<rt>すご</rt></ruby>い

▶ 形 厲害，很棒；非常

<ruby>凄<rt>すご</rt></ruby>い<ruby>人気<rt>にんき</rt></ruby>だった。
超人氣。 ▶

参考答案　❶ <ruby>心<rt>こころ</rt></ruby>　　❷ <ruby>気<rt>き</rt></ruby>　　❸ <ruby>気分<rt>きぶん</rt></ruby>

因悲慘愁苦的故事而感到痛心難過。

悲しい話に＿＿＿＿＿＿が痛む。

① （1秒後）➡影子跟讀法

最近有什麼新聞讓人憂心的嗎？

最近＿＿＿＿＿＿になったニュースは何ですか。

② （1秒後）➡影子跟讀法

今天天氣好，讓人有個好心情。

今日はいい天気で、＿＿＿＿＿＿がいい。

③ （1秒後）➡影子跟讀法

小小禮物，不成敬意。

つまらないものですが、ほんの＿＿＿＿＿＿です。

④ （1秒後）➡影子跟讀法

我從小就對昆蟲有興趣。

私は子どもの頃から虫に＿＿＿＿＿＿があります。

⑤ （1秒後）➡影子跟讀法

請您放心，明天之前就會完成。

明日までにできます。ご＿＿＿＿＿＿ください。

⑥ （1秒後）➡影子跟讀法

這個真是太好吃了！

これ、＿＿＿＿＿＿おいしいわよ。

⑦ （1秒後）➡影子跟讀法

④ 気持ち　　⑤ 興味　　⑥ 安心　　⑦ すごく

207

単
語
帳

08 □□□

素晴らしい
<ruby>素<rt>す</rt></ruby><ruby>晴<rt>ば</rt></ruby>らしい
▶ 形 出色，很好

<ruby>素<rt>す</rt></ruby><ruby>晴<rt>ば</rt></ruby>らしい<ruby>景<rt>け</rt></ruby><ruby>色<rt>しき</rt></ruby>。
景色優美。 ▶

09 □□□

怖い
<ruby>怖<rt>こわ</rt></ruby>い
▶ 形 可怕，害怕

<ruby>怖<rt>こわ</rt></ruby>い<ruby>夢<rt>ゆめ</rt></ruby>を<ruby>見<rt>み</rt></ruby>た。
做了一個非常可怕的夢。 ▶

10 □□□

邪魔
<ruby>邪<rt>じゃ</rt></ruby><ruby>魔<rt>ま</rt></ruby>
▶ 名・形動・他サ 妨礙，阻擾；拜訪

ビルが<ruby>邪<rt>じゃ</rt></ruby><ruby>魔<rt>ま</rt></ruby>で<ruby>花<rt>はな</rt></ruby><ruby>火<rt>び</rt></ruby>が<ruby>見<rt>み</rt></ruby>えない。
大樓擋到了，看不到煙火。 ▶

11 □□□

心配
<ruby>心<rt>しん</rt></ruby><ruby>配<rt>ぱい</rt></ruby>
▶ 名・自他サ 擔心，操心

ご<ruby>心<rt>しんぱい</rt></ruby>配をお<ruby>掛<rt>か</rt></ruby>けしました。
讓各位擔心了。 ▶

12 □□□

恥ずかしい
<ruby>恥<rt>は</rt></ruby>ずかしい
▶ 形 丟臉，害羞；難為情

<ruby>恥<rt>は</rt></ruby>ずかしくなる。
感到害羞。 ▶

13 □□□

複雑
<ruby>複<rt>ふく</rt></ruby><ruby>雑<rt>ざつ</rt></ruby>
▶ 名・形動 複雜

<ruby>複<rt>ふく</rt></ruby><ruby>雑<rt>ざつ</rt></ruby>になる。
變得複雜。 ▶

14 □□□

持てる
<ruby>持<rt>も</rt></ruby>てる
▶ 自下一 能拿，能保持；受歡迎，吃香

<ruby>学<rt>がく</rt></ruby><ruby>生<rt>せい</rt></ruby>にもてる。
受學生歡迎。 ▶

參考答案　❶ すばらしい　❷ <ruby>怖<rt>こわ</rt></ruby>かった　❸ <ruby>邪<rt>じゃ</rt></ruby><ruby>魔<rt>ま</rt></ruby>

從晴空塔上面俯瞰的景色真是太壯觀了！

① スカイツリーの上から見た景色は＿＿＿＿＿ものでした。

（1秒後）➡ 影子跟讀法

超級颱風肆虐，狂風暴雨的蕭蕭聲真是嚇壞人了。

② 大きい台風で、雨や風の音が＿＿＿＿＿。

（1秒後）➡ 影子跟讀法

想要拍照，但是右邊那棵樹擋到鏡頭了。

③ 写真を撮るのに右の木が＿＿＿＿＿だ。

（1秒後）➡ 影子跟讀法

目前雖不必擔心會發生大地震，但還是需要小心防範。

④ 今のところ大きな地震の＿＿＿＿＿はありませんが、注意が必要です。

（1秒後）➡ 影子跟讀法

年輕時寫的詩實在太難為情了，沒辦法開口朗誦。

⑤ 若いころに書いた詩は、＿＿＿＿＿て読めません。

（1秒後）➡ 影子跟讀法

這起事件很複雜，應該沒有那麼容易解決吧。

⑥ この事件は＿＿＿＿＿だから、そんなに簡単には片付かないだろう。

（1秒後）➡ 影子跟讀法

那些糖果，能拿多少請儘管拿喔！

⑦ その飴、持てるだけ＿＿＿＿＿行っていいよ。

（1秒後）➡ 影子跟讀法

④ 心配　　⑤ 恥ずかしく　　⑥ 複雑　　⑦ 持って

15 □□□

ラブラブ ▶ 形動 lovelove，（情侶，愛人等）甜蜜，如膠似漆

彼氏^{かれ し}とラブラブです。
與男朋友甜甜密密。

15-2 喜怒哀楽／
喜怒哀樂

01 □□□

嬉^{うれ}しい ▶ 形 高興，喜悅

孫^{まご}たちが訪^{たず}ねてきて嬉^{うれ}しい。
孫兒來探望很開心！

02 □□□

楽^{たの}しみ ▶ 名・形動 期待，快樂

釣^つりを楽^{たの}しみとする。
以釣魚為樂。

03 □□□

喜^{よろこ}ぶ ▶ 自五 高興

卒業^{そつぎょう}を喜^{よろこ}ぶ。
為畢業而喜悅。

04 □□□

笑^{わら}う ▶ 自五 笑；譏笑

テレビを見^みて笑^{わら}っている。
一邊看電視一邊笑。

05 □□□

ユーモア ▶ 名 humor，幽默，滑稽，詼諧

ユーモアのある人^{ひと}が好^すきだ。
我喜歡具有幽默感的人。

那兩個人在生了孩子以後，還是一樣甜甜蜜蜜的。

あの二人は子どもが生まれても、相変わらず＿＿＿＿＿です。

① （1秒後）➡ 影子跟讀法

聽到別人道聲「謝謝」時，感覺非常高興。

「ありがとう」とお礼を言われたときは、とても＿＿＿＿＿です。

② （1秒後）➡ 影子跟讀法

每星期都很期待收看這部影集。

このドラマを毎週＿＿＿＿＿にしています。

③ （1秒後）➡ 影子跟讀法

看到我們去探望，奶奶非常開心。

私たちが会いに行くと祖母はとても＿＿＿＿＿。

④ （1秒後）➡ 影子跟讀法

她無論任何時候總是笑臉迎人。

彼女は、どんな時でも＿＿＿＿＿いる。

⑤ （1秒後）➡ 影子跟讀法

比起體格壯碩的人，我更喜歡具有幽默感的人。

私は格好いい人よりも＿＿＿＿＿のある人が好きです。

⑥ （1秒後）➡ 影子跟讀法

④ 喜びます　　⑤ 笑って　　⑥ ユーモア

06 □□□

煩い（うるさ）
▸ ㊀ 吵鬧；煩人的；囉唆；厭惡

電車の音がうるさい。（でんしゃ・おと）
電車聲很吵。

07 □□□

怒る（おこ）
▸ 自五 生氣；斥責

母に怒られる。（はは・おこ）
挨了媽媽的責罵。

08 □□□

驚く（おどろ）
▸ 自五 驚嚇，吃驚，驚奇

肩をたたかれて驚いた。（かた・おどろ）
有人拍我肩膀，嚇了我一跳。

09 □□□

悲しい（かな）
▸ ㊀ 悲傷，悲哀

悲しい思いをする。（かな・おも）
感到悲傷。

10 □□□

寂しい（さび）
▸ ㊀ 孤單；寂寞；荒涼，冷清；空虛

一人で寂しい。（ひとり・さび）
一個人很寂寞。

11 □□□

残念（ざんねん）
▸ 名・形動 遺憾，可惜，懊悔

残念に思う。（ざんねん・おも）
感到遺憾。

12 □□□

泣く（な）
▸ 自五 哭泣

大きな声で泣く。（おお・こえ・な）
大聲哭泣。

参考答案　① うるさい　② 怒らない（おこ）　③ 驚かされる（おどろ）

你從剛才就很吵耶，安靜一點啦！

さっきから_____な。少し静かにしろ！

① （1秒後）➡ 影子跟讀法

媽媽幾乎從來不生氣。

母はほとんど_____。

② （1秒後）➡ 影子跟讀法

我總是被他嚇到。

彼にはいつも、_____。

③ （1秒後）➡ 影子跟讀法

我愛上了看了悲傷的電影而流著淚的她。

_____映画を見て涙を流している彼女が好きになった。

④ （1秒後）➡ 影子跟讀法

兒子去了東京讀大學，家裡真冷清。

息子が東京の大学に行ってしまって、_____。

⑤ （1秒後）➡ 影子跟讀法

原本座落在這裡的古老寺院慘遭祝融之災，真是令人遺憾。

ここにあった古いお寺が、火事で焼けてしまって、本当に_____です。

⑥ （1秒後）➡ 影子跟讀法

這部電影讓人從第一個鏡頭哭到最後一個鏡頭。

最初から最後まで_____映画でした。

⑦ （1秒後）➡ 影子跟讀法

④ 悲しい　　⑤ 寂しい　　⑥ 残念　　⑦ 泣かせる

213

13 ☐☐☐

びっくり　▶ 副・自サ 驚嚇，吃驚　▶ びっくりして起きた。
嚇醒過來。　▶

15-3 伝達、通知、報道／
傳達、通知、報導　♪

01 ☐☐☐

でんぽう
電報　▶ 名 電報　▶ 電報が来る。
打來電報。　▶

02 ☐☐☐

とど
届ける　▶ 他下一 送達；送交；
申報，報告　荷物を届ける。
把行李送到。　▶

03 ☐☐☐

おく
送る　▶ 他五 寄送；派；送行；
度過；標上（假名）　お礼の手紙を送る。
寄了信道謝。　▶

04 ☐☐☐

し
知らせる　▶ 他下一 通知，讓對方
知道　警察に知らせる。
報警。　▶

05 ☐☐☐

つた
伝える　▶ 他下一 傳達，轉告；
傳導　孫の代まで伝える。
傳承到子孫這一代。　▶

参考答案　❶ びっくり　❷ 電報　❸ 届けて

214

我被那家店的拉麵美味的程度給嚇了一跳。

① その店のラーメンのおいしいのには、＿＿＿＿＿させられた。

（1秒後）➡ 影子跟讀法

聽到朋友即將結婚的佳音，我打了電報送上祝福。

② 友人の結婚の知らせを聞いて、祝福の気持ちを込めて＿＿＿＿＿を打ちました。

（1秒後）➡ 影子跟讀法

這台電視機可以在本週內送來嗎？

③ 今週中にこのテレビを＿＿＿＿＿もらえますか。

（1秒後）➡ 影子跟讀法

由於收到了禮物，所以寄了信道謝。

④ プレゼントをもらったので、お礼の手紙を＿＿＿＿＿。

（1秒後）➡ 影子跟讀法

假如看起來可能下雨，至遲將於9點通知是否照常舉行運動會。

⑤ もし雨が降りそうだったら、運動会をやるかどうか、9時までにお＿＿＿＿＿いたします。

（1秒後）➡ 影子跟讀法

請向令尊令堂代為問安。

⑥ お父様、お母様によろしくお＿＿＿＿＿ください。

（1秒後）➡ 影子跟讀法

④ 送った　　⑤ 知らせ　　⑥ 伝え

単語帳

06 □□□

れんらく
連絡 ▶ 名・自他サ 聯繫，聯絡；通知 ▶ 連絡を取る。
取得連繫。

07 □□□

たず
尋ねる ▶ 他下一 問，打聽；詢問 ▶ 道を尋ねる。
問路。

08 □□□

へんじ
返事 ▶ 名・自サ 回答，回覆 ▶ 返事をしなさい。
回答我啊。

09 □□□

てんきよほう
天気予報 ▶ 名 天氣預報 ▶ ラジオの天気予報を聞く。
聽收音機的氣象預報。

10 □□□

ほうそう
放送 ▶ 名・他サ 播映，播放 ▶ 有料放送を見る。
收看收費節目。

15-4 思考、判断／
思考、判斷 ♪

01 □□□

おも だ
思い出す ▶ 他五 想起來，回想 ▶ 幼い頃を思い出す。
回想起小時候。

参考答案　① 連絡して　② 尋ねました　③ 返事

216

萬一班機延遲了，請和我聯繫。

もし飛行機が遅れたら＿＿＿＿＿＿＿ください。

① （1秒後）➡ 影子跟讀法

外國人向我問了路。

外国人が私に道を＿＿＿＿＿＿＿。

② （1秒後）➡ 影子跟讀法

此封郵件過目之後，盼能覆信。

メールをご覧になった後、お＿＿＿＿＿＿＿いただけると幸いです。

③ （1秒後）➡ 影子跟讀法

根據氣象預報，上午應該是好天氣。

＿＿＿＿＿＿＿では午前中はいい天気だそうですよ。

④ （1秒後）➡ 影子跟讀法

晚餐時段不可以播映這種節目。

夕飯の時間にこんな番組を＿＿＿＿＿＿＿してはいけない。

⑤ （1秒後）➡ 影子跟讀法

我怎麼樣都想不起來這位歌手的名字。

この歌手の名前がどうしても＿＿＿＿＿＿＿＿＿。

⑥ （1秒後）➡ 影子跟讀法

④ 天気予報　⑤ 放送　⑥ 思い出せない

02 ☐☐☐

おも
思う

他五 想，思考；覺得，認為；相信；猜想；感覺；希望；掛念，懷念

し ごと　さが　　　おも
仕事を探そうと思う。
我想去找工作。 ▶

03 ☐☐☐

かんが
考える

他下一 想，思考；考慮；認為

ふか　かんが
深く考える。
深思，思索。

04 ☐☐☐

はず ▶ 形式名詞 應該；會；確實

あした　　　　　く
明日きっと来るはずだ。
明天一定會來。 ▶

05 ☐☐☐

い けん
意見 ▶ 名・自他サ 意見；勸告；提意見

い けん　　あ
意見が合う。
意見一致。 ▶

06 ☐☐☐

し かた
仕方 ▶ 名 方法，做法

りょう り　　　し かた
料理の仕方がわからない。
不知道如何做菜。 ▶

07 ☐☐☐

しら
調べる ▶ 他下一 查閱，調查；檢查；搜查

じ しょ　　しら
辞書で調べる。
查字典。

08 ☐☐☐

まま ▶ 名 如實，照舊，…就…；隨意

おも　　　　　　　か
思ったままを書く。
寫出心中所想。 ▶

参考答案　① おも 思う　② かんが 考えて　③ はず

我打算換一支新手機。

携帯電話を新しいのにしようと＿＿＿＿＿。

① （1秒後）➡ 影子跟讀法

不管睡著了還是清醒時，我滿腦子想的都是她。

寝ても覚めても彼女のことばかり＿＿＿＿＿いた。

② （1秒後）➡ 影子跟讀法

不可能用一萬圓鈔票找零。

1万円札がお釣りで来る＿＿＿＿＿がありません。

③ （1秒後）➡ 影子跟讀法

現在這位經理能夠廣納建議。

今の部長には、＿＿＿＿＿を言いやすい。

④ （1秒後）➡ 影子跟讀法

「今天路上很塞…，是不是該搭電車呢？」「只剩下一小時，也沒其他辦法了。」

「今日は道が混んでいるし…。やっぱり電車かな。」
「あと1時間ね、＿＿＿＿＿ないわね。」

⑤ （1秒後）➡ 影子跟讀法

蒐集韓國文化的資訊。

韓国の文化について＿＿＿＿＿います。

⑥ （1秒後）➡ 影子跟讀法

不要穿成那副德性進去夜店啦！

その格好の＿＿＿＿＿ではクラブに入れないよ。

⑦ （1秒後）➡ 影子跟讀法

④ 意見　　⑤ 仕方　　⑥ 調べて　　⑦ まま

219

09 ☐☐☐

<ruby>比<rt>くら</rt></ruby>べる ▶ 他下一 比較 ▶ <ruby>値段<rt>ね だん</rt></ruby>を<ruby>比<rt>くら</rt></ruby>べる。
比較價格。 ▶

10 ☐☐☐

<ruby>場合<rt>ば あい</rt></ruby> ▶ 名 時候；狀況，情形 ▶ <ruby>遅<rt>おく</rt></ruby>れた<ruby>場合<rt>ば あい</rt></ruby>はどうなりますか。
遲到的時候怎麼辦呢？ ▶

11 ☐☐☐

<ruby>変<rt>へん</rt></ruby> ▶ 名・形動 奇怪，怪異；變化；事變 ▶ <ruby>変<rt>へん</rt></ruby>な<ruby>味<rt>あじ</rt></ruby>がする。
味道怪怪的。 ▶

12 ☐☐☐

<ruby>特別<rt>とくべつ</rt></ruby> ▶ 名・形動 特別，特殊 ▶ <ruby>今日<rt>きょう</rt></ruby>だけ<ruby>特別<rt>とくべつ</rt></ruby>に<ruby>寝坊<rt>ね ぼう</rt></ruby>を<ruby>許<rt>ゆる</rt></ruby>す。
今天破例允許睡晚一點。 ▶

13 ☐☐☐

<ruby>大事<rt>だい じ</rt></ruby> ▶ 名・形動 大事；保重，重要（「大事さ」為形容動詞的名詞形） ▶ <ruby>大事<rt>だい じ</rt></ruby>なことはメモしておく。
重要的事會寫下來。 ▶

14 ☐☐☐

<ruby>相談<rt>そうだん</rt></ruby> ▶ 名・自他サ 商量 ▶ <ruby>相談<rt>そうだん</rt></ruby>して<ruby>決<rt>き</rt></ruby>める。
通過商討決定。 ▶

15 ☐☐☐

に<ruby>拠<rt>よ</rt></ruby>ると ▶ 連語 根據，依據 ▶ <ruby>天気予報<rt>てん き よ ほう</rt></ruby>によると、<ruby>雨<rt>あめ</rt></ruby>らしい。
根據氣象預報，可能會下雨。 ▶

參考答案 ① <ruby>比<rt>くら</rt></ruby>べる ② <ruby>場合<rt>ば あい</rt></ruby> ③ <ruby>変<rt>へん</rt></ruby>な

比較去年和今年的雨量。

去年と今年の雨の量を＿＿＿＿＿。

① （1秒後）➡ 影子跟讀法

如果遲到超過 20 分鐘，就無法進入教室。

20分以上遅れた＿＿＿＿＿は、教室に入ることができ
ません。

② （1秒後）➡ 影子跟讀法

味道怪怪的。我把鹽和糖加反了。

＿＿＿＿＿味がする。塩と砂糖を間違えた。

③ （1秒後）➡ 影子跟讀法

老師只有今天破例允許我睡晚一點。

先生は今日だけ＿＿＿＿＿に寝坊を許してくれた。

④ （1秒後）➡ 影子跟讀法

打翻了裝有果汁的杯子，把重要的文件弄髒了。

ジュースのコップが倒れて、＿＿＿＿＿書類が汚れて
しまった。

⑤ （1秒後）➡ 影子跟讀法

她沒和任何人商量就決定留學了。

彼女は誰にも＿＿＿＿＿ずに留学を決めた。

⑥ （1秒後）➡ 影子跟讀法

根據天氣預報說，7點左右將開始下雪。

天気予報＿＿＿＿＿、7時ごろから雪がふりだすそう
です。

⑦ （1秒後）➡ 影子跟讀法

④ 特別　⑤ 大事な　⑥ 相談せ　⑦ によると

16 ☐☐☐

あんな ▸ 連體 那樣地

あんな家に住みたい。
想住那種房子。 ▸

17 ☐☐☐

そんな ▸ 連體 那樣的

そんなことはない。
不會，哪裡。 ▸

15-5 理由、決定／
理由、決定 ♪

01 ☐☐☐

ため ▸ 名（表目的）為了；
（表原因）因為

病気のために休む。
因為生病而休息。 ▸

02 ☐☐☐

何故 ▸ 副 為什麼

何故わからないのですか。
為什麼不懂？ ▸

03 ☐☐☐

原因 ▸ 名 原因

原因はまだわからない。
原因目前尚未查明。 ▸

04 ☐☐☐

理由 ▸ 名 理由，原因

理由がある。
有理由。 ▸

參考答案　❶ あんな　　❷ そんな　　❸ ため

像那樣在冰上滑行，感覺一定很暢快吧。

_____ふうに氷の上を滑れたら、気持ちいいだろうなあ。

① （1秒後）➡ 影子跟讀法

我不會寫那麼難的漢字。

_____難しい漢字は書けません。

② （1秒後）➡ 影子跟讀法

為了垃圾減量，我購物時總是自備袋子。

ゴミを減らす_____に、買い物には自分の袋を持って行く。

③ （1秒後）➡ 影子跟讀法

為什麼想搬家呢？

_____引っ越したいのですか。

④ （1秒後）➡ 影子跟讀法

事故的原因正在調查當中。

事故の_____を調査しているところです。

⑤ （1秒後）➡ 影子跟讀法

「為什麼你總是穿著黑色的衣服呢？」「沒什麼特別的理由。」

「どうしていつも黒い服を着ているんですか。」
「特に_____はありませんが。」

⑥ （1秒後）➡ 影子跟讀法

④ なぜ　　　⑤ 原因　　　⑥ 理由

単語帳

05 ☐☐☐

<ruby>訳<rt>わけ</rt></ruby> ▸ 名 原因・理由；意思 ▸ <ruby>訳<rt>わけ</rt></ruby>が<ruby>分<rt>わ</rt></ruby>かる。
知道意思；知道原因；明白事理。 ▸

06 ☐☐☐

<ruby>正<rt>ただ</rt></ruby>しい ▸ 形 正確；端正 ▸ <ruby>正<rt>ただ</rt></ruby>しい<ruby>答<rt>こた</rt></ruby>えを<ruby>選<rt>えら</rt></ruby>ぶ。
選擇正確的答案。 ▸

07 ☐☐☐

<ruby>合<rt>あ</rt></ruby>う ▸ 自五 合；一致・合適；相配；符合；正確 ▸ <ruby>話<rt>はな</rt></ruby>しが<ruby>合<rt>あ</rt></ruby>う。
談話很投機。 ▸

08 ☐☐☐

<ruby>必要<rt>ひつよう</rt></ruby> ▸ 名・形動 需要 ▸ <ruby>必要<rt>ひつよう</rt></ruby>がある。
有必要。 ▸

09 ☐☐☐

<ruby>宜<rt>よろ</rt></ruby>しい ▸ 形 好・可以 ▸ どちらでもよろしい。
哪一個都好，怎樣都行。 ▸

10 ☐☐☐

<ruby>無理<rt>むり</rt></ruby> ▸ 形動 勉強；不講理；逞強；強求；無法辦到 ▸ <ruby>無理<rt>むり</rt></ruby>を<ruby>言<rt>い</rt></ruby>うな。
別無理取鬧。 ▸

11 ☐☐☐

<ruby>駄目<rt>だめ</rt></ruby> ▸ 名 不行；沒用；無用 ▸ <ruby>英語<rt>えいご</rt></ruby>はだめだ。
英語很差。 ▸

從開始打高爾夫球都已經 7 年了，到現在還是完全沒有進步，到底是什麼原因呢？

① ゴルフを始めて 7 年にもなるのに、全然うまくならないのはどういう_____だろう。

（1秒後）➡ 影子跟讀法

選項中的正確答案是 2。

② 選択肢の中では 2 が_____。

（1秒後）➡ 影子跟讀法

以下哪一項和女士說的意思相同？

③ 女の人の話に_____のはどれですか。

（1秒後）➡ 影子跟讀法

為了學到會，練習是必須的。

④ できるようになるためには、練習することが_____だ。

（1秒後）➡ 影子跟讀法

請問大約一小時後回電方便嗎？

⑤ こちらから 1 時間ぐらいあとでお電話を差し上げても_____でしょうか。

（1秒後）➡ 影子跟讀法

想把車子抬起來，不可能啦！

⑥ 車を持ち上げるなんて、_____だよ。

（1秒後）➡ 影子跟讀法

不可以把車子停在大廈前面喔！

⑦ ビルの前は車を止めては_____なんですよ。

（1秒後）➡ 影子跟讀法

④ 必要　　⑤ よろしい　　⑥ 無理　　⑦ だめ

225

12 ☐☐☐

つもり ▸ 名 打算；當作

彼(かれ)に会(あ)うつもりはありません。
不打算跟他見面。

13 ☐☐☐

決(き)まる ▸ 自五 決定；規定；決定勝負

会議(かいぎ)は 10 日(とおか)に決(き)まった。
會議訂在 10 號。

14 ☐☐☐

反対(はんたい) ▸ 名・自サ 相反；反對

彼(かれ)の意見(いけん)に反対(はんたい)する。
反對他的看法。

15-6 理解／
理解

01 ☐☐☐

経験(けいけん) ▸ 名・他サ 經驗，經歷

経験(けいけん)から学(まな)ぶ。
從經驗中學習。

02 ☐☐☐

役(やく)に立(た)つ ▸ 慣 有幫助，有用

日本語(にほんご)が役(やく)に立(た)つ。
會日語很有幫助。

03 ☐☐☐

事(こと) ▸ 名 事情

一番大事(いちばんだいじ)な事(こと)は何(なん)ですか。
最重要的是什麼事呢？

参考答案 ❶ つもり ❷ 決(き)まった ❸ 反対(はんたい)

我不打算上大學，想去工作。

大学には進学せずに、就職する＿＿＿＿です。

① （1秒後）➡ 影子跟讀法

在規定的時間以外，不准傾倒垃圾！

ゴミを＿＿＿＿時間以外に出すな。

② （1秒後）➡ 影子跟讀法

你反對他的看法的理由是什麼？

あなたが、彼の意見に＿＿＿＿する理由は何ですか。

③ （1秒後）➡ 影子跟讀法

旅途中得到了寶貴的經驗。

旅行中、珍しい＿＿＿＿をしました。

④ （1秒後）➡ 影子跟讀法

假如有我幫得上忙的地方，請儘管告訴我喔。

私でお＿＿＿＿ことがあったら、何でもおっしゃってくださいね。

⑤ （1秒後）➡ 影子跟讀法

我早餐通常吃麵包和蛋

朝ご飯は、パンとか卵とかを食べる＿＿＿＿が多い。

⑥ （1秒後）➡ 影子跟讀法

④ 経験　　⑤ 役に立てる　　⑥ こと

04 □□□

説明
<small>せつめい</small>

▶ 名・他サ 説明

説明がたりない。
<small>せつめい</small>
解釋不夠充分。 ▶

05 □□□

承知
<small>しょうち</small>

▶ 名・他サ 知道，了解，同意；接受

キャンセルを承知しました。
<small>しょうち</small>
您要取消，我知道了。 ▶

06 □□□

受ける
<small>う</small>

▶ 自他下一 接受，承接；受到；得到；遭受；接受；應考

検査を受ける。
<small>けんさ　う</small>
接受檢查。 ▶

07 □□□

構う
<small>かま</small>

▶ 自他五 在意，理會；逗弄

どうぞおかまいなく。
請別那麼張羅。 ▶

08 □□□

嘘
<small>うそ</small>

▶ 名 謊話；不正確

嘘をつく。
<small>うそ</small>
說謊。 ▶

09 □□□

なるほど

▶ 感・副 的確，果然；原來如此

なるほど、面白い本だ。
<small>おもしろ　ほん</small>
果然是本有趣的書。 ▶

10 □□□

変える
<small>か</small>

▶ 他下一 改變；變更

主張を変える。
<small>しゅちょう　か</small>
改變主張。 ▶

參考答案　❶ 説明<small>せつめい</small>　❷ 承知<small>しょうち</small>　❸ 受ける<small>う</small>

稍早在電話裡報告的事在此向您說明。

① 電話でお話したことについてご＿＿＿＿＿＿いたします。

（1秒後）➡ 影子跟讀法

請問上述條件您都同意嗎？

② 以上の条件を＿＿＿＿＿＿していただけますか。

（1秒後）➡ 影子跟讀法

我每年都接受一次檢查。

③ 年に１回、検査を＿＿＿＿＿＿ようにしています。

（1秒後）➡ 影子跟讀法

在這裡可以喝飲料沒關係。

④ ここで飲み物を飲んでも＿＿＿＿＿＿。

（1秒後）➡ 影子跟讀法

如果老是說謊，就會沒有朋友喔！

⑤ ＿＿＿＿＿＿ばかりつくと、友達がいなくなるよ。

（1秒後）➡ 影子跟讀法

「他絕不是個壞人！」「有道理，你講的或許沒錯。」

⑥ 「彼は、決して悪い人ではない。」「＿＿＿＿＿＿、君の言うとおりかもしれない。」

（1秒後）➡ 影子跟讀法

一聽到他的話，她臉色頓時變了。

⑦ 彼の言葉を聞いて、彼女は顔色を＿＿＿＿＿＿。

（1秒後）➡ 影子跟讀法

④ かまいません　⑤ 嘘　⑥ なるほど　⑦ 変えた

229

11 □□□

変<ruby>か<rt></rt></ruby>わる ▸ (自五) 變化，改變；奇 怪；與眾不同

いつも変<ruby>か<rt></rt></ruby>わらない。
永不改變。 ▸

12 □□□

あっ ▸ (感) 啊（突然想起、 吃驚的樣子）哎呀

あっ、わかった。
啊！我懂了。 ▸

13 □□□

おや ▸ (感) 哎呀

おや、雨<ruby>あめ<rt></rt></ruby>だ。
哎呀！下雨了！ ▸

14 □□□

うん ▸ (感) 嗯；對，是；喔

うんと返事<ruby>へんじ<rt></rt></ruby>する。
嗯了一聲作為回答。 ▸

15 □□□

そう ▸ (感・副) 那樣，這樣； 是

本当<ruby>ほんとう<rt></rt></ruby>にそうでしょうか。
真的是那樣嗎？ ▸

16 □□□

について ▸ (連語) 關於

日本<ruby>にほん<rt></rt></ruby>の風俗<ruby>ふうぞく<rt></rt></ruby>についての本<ruby>ほん<rt></rt></ruby>を書<ruby>か<rt></rt></ruby>く。
撰寫有關日本的風俗的書。 ▸

参考答案　**1** 変<ruby>か<rt></rt></ruby>わって　**2** あっ　**3** おや

由於天氣驟然轉壞，因此取消了登山行程。

急に天気が＿＿＿＿きたので、山に登るのをやめた。

❶ （1秒後）➡ 影子跟讀法

啊，下雨了！我沒帶傘，怎麼辦？

＿＿＿＿、雨だ！どうしよう、傘がない。

❷ （1秒後）➡ 影子跟讀法

哎呀！原來是這個意思！

＿＿＿＿、こういうことか。

❸ （1秒後）➡ 影子跟讀法

「教授，請問您明天會到學校嗎？」「嗯，我明天也會來呀！」

「先生、明日は大学にいらっしゃいますか。」
「＿＿＿＿、明日も来るよ。」

❹ （1秒後）➡ 影子跟讀法

他之所以那樣做，應該有某種理由。

彼が＿＿＿＿したのには、何か訳があるはずです。

❺ （1秒後）➡ 影子跟讀法

大家很期待聽你說有關旅行的事。

みんなは、あなたが旅行＿＿＿＿話すことを期待しています。

❻ （1秒後）➡ 影子跟讀法

---

④ うん　　　⑤ そう　　　⑥ について

15-7 言語、出版物／語言、出版品 ♪

01 □□□

かい わ
会話 ▸ 名・自サ 會話，對話 ▸

かい わ　　へ た
会話が下手だ。
不擅長與人對話。 ▸

02 □□□

はつおん
発音 ▸ 名 發音 ▸

はつおん
発音がはっきりしている。
發音清楚。 ▸

03 □□□

じ
字 ▸ 名 字・文字 ▸

じ　　み
字が見にくい。
字看不清楚；字寫得難看。 ▸

04 □□□

ぶんぽう
文法 ▸ 名 文法 ▸

ぶんぽう　　あ
文法に合う。
合乎語法。 ▸

05 □□□

にっ き
日記 ▸ 名 日記 ▸

にっ き　　か
日記に書く。
寫入日記。 ▸

06 □□□

ぶん か
文化 ▸ 名 文化；文明 ▸

に ほん　　ぶん か　　しょうかい
日本の文化を紹介する。
介紹日本文化。 ▸

07 □□□

ぶんがく
文学 ▸ 名 文學 ▸

ぶんがく　　あじ
文学を味わう。
鑑賞文學。 ▸

我英語會話的程度頂多只會問候。

英語は挨拶くらいの＿＿＿＿＿しかできない。

1　（1秒後）➡ 影子跟讀法

有些詞句外國人很難發音，那就是最難學的部分。

外国人には＿＿＿＿＿しにくい言葉があるので、そこがいちばん難しいです。

2　（1秒後）➡ 影子跟讀法

書上不可以寫字。

本の中に＿＿＿＿＿を書いてはいけません。

3　（1秒後）➡ 影子跟讀法

這本書文法的說明雖然很清楚，但是字體太小了。

この本は＿＿＿＿＿の説明は分かりやすいが、字がちょっと小さすぎる。

4　（1秒後）➡ 影子跟讀法

我已經持續寫日記長達 20 年了。

もう 20 年も＿＿＿＿＿を書き続けている。

5　（1秒後）➡ 影子跟讀法

我想將日本文化介紹給全世界。

日本の＿＿＿＿＿を世界に紹介しようと思います。

6　（1秒後）➡ 影子跟讀法

因為我從小就喜歡看書，所以想進文學系就讀。

子どもの頃から本が好きだったので、＿＿＿＿＿部に進みたいと思います。

7　（1秒後）➡ 影子跟讀法

---

4 文法　　　5 日記　　　6 文化　　　7 文学

08 □□□

しょうせつ
小説 ▸ ⑧ 小説

しょうせつ か
小説を書く。
寫小說。 ▸

09 □□□

テキスト ▸ ⑧ text・教科書

えい ご さが
英語のテキストを探す。
找英文教科書。 ▸

10 □□□

まん が
漫画 ▸ ⑧ 漫畫

ぜん かん まん が よ
全 28 巻の漫画を読む。
看全套共 28 集的漫畫。 ▸

11 □□□

ほんやく
翻訳 ▸ ⑧・他サ 翻譯

さくひん ほんやく
作品を翻訳する。
翻譯作品。 ▸

雖然這部小說很長，還是終於讀完了。

長い＿＿＿＿＿＿＿だけれど、とうとう読み終わった。

1　（1秒後）➡ 影子跟讀法

請讀教科書的第 12 行。

＿＿＿＿＿＿＿の 12 行目を読んでください。

2　（1秒後）➡ 影子跟讀法

摘下眼鏡後赫然是位美女──漫畫裡經常出現這樣的場景。

眼鏡を取ると美人、というのは、＿＿＿＿＿＿＿ではよく
あることです。

3　（1秒後）➡ 影子跟讀法

我的嗜好是翻譯喜歡的作家的作品。

私の興味は、好きな作家の作品を＿＿＿＿＿＿＿すること
です。

4　（1秒後）➡ 影子跟讀法

パート 16 第十六章

副詞、その他の品詞
副詞與其他品詞

---

01 □□□

急に
きゅう

▶ 副 突然

温度が急に下がった。
おん ど きゅう さ
溫度突然下降。 ▶

---

02 □□□

これから

▶ 連語 接下來，現在起 ▶

これからどうしようか。
接下來該怎麼辦呢？

---

03 □□□

暫く
しばら

▶ 副 暫時，一會兒；好久 ▶

暫くお待ちください。
しばら ま
請稍候。 ▶

---

04 □□□

ずっと

▶ 副 更；一直 ▶

ずっと家にいる。
いえ
一直待在家。 ▶

---

05 □□□

そろそろ

▶ 副 快要；逐漸；緩慢 ▶

そろそろ帰ろう。
かえ
差不多該回家了吧。 ▶

---

06 □□□

偶に
たま

▶ 副 偶爾

偶にゴルフをする。
たま
偶爾打高爾夫球。 ▶

---

07 □□□

到頭
とうとう

▶ 副 終於

とうとう読み終わった。
よ お
終於讀完了。 ▶

参考答案　　① 急に　　② これから　　③ しばらく
きゅう

鋼琴教室的學生忽然增加，達到了去年的兩倍。

ピアノ教室の生徒さんが＿＿＿＿＿多くなって、去年の２倍になりました。

① （1秒後）➡ 影子跟讀法

接下來要提醒在美術館裡參觀的注意事項。

＿＿＿＿＿美術館で注意してほしいことを言います。

② （1秒後）➡ 影子跟讀法

和媽媽吵架後，有一段時間沒回家了。

母とけんかをして、＿＿＿＿＿家に帰っていない。

③ （1秒後）➡ 影子跟讀法

已經整整下了一星期的雨。

１週間も＿＿＿＿＿雨が降っています。

④ （1秒後）➡ 影子跟讀法

已經長那麼大了，差不多該為未來打算了。

もういい歳なんだから、＿＿＿＿＿将来のことを考えなさい。

⑤ （1秒後）➡ 影子跟讀法

媽媽平常都很溫柔，但偶爾生氣的時候會變得非常可怕。

母はいつも優しいが、＿＿＿＿＿怒るととても恐い。

⑥ （1秒後）➡ 影子跟讀法

耗費了一整年，終於把病治好了。

１年もかかったけど、＿＿＿＿＿治った。

⑦ （1秒後）➡ 影子跟讀法

④ ずっと　　　⑤ そろそろ　　　⑥ たまに　　　⑦ とうとう

08 □□□

ひさ
久しぶり ▶ 名・形動 許久・隔了好久
久しぶりに食べた。
過了許久才吃到了。

09 □□□

ま
先ず ▶ 副 首先・總之；大約；姑且
いた
痛くなったら、まず薬を飲んでください。
感覺疼痛的話，請先服藥。

10 □□□

す
もう直ぐ ▶ 副 不久・馬上
はる く
もうすぐ春が来る。
春天馬上就要到來。

11 □□□

やっと ▶ 副 終於・好不容易
もんだい わ
やっと問題が分かる。
終於知道問題所在了。

12 □□□

きゅう
急 ▶ 名・形動 急迫；突然；陡
きゅう ようじ やす
急な用事で休む。
因急事請假。

16-2 程度副詞／
程度副詞 ♪

01 □□□

いく
幾ら…ても ▶ 名・副 無論…也不…
せつめい
いくら説明してもわからない。
無論怎麼說也不明白。

「叔叔，好久不見。」「真的好久不見呀，過得好嗎？」

「叔父さん、＿＿＿＿＿＿＿です。」「ほんとうに＿＿＿＿＿＿＿だね。元気かい？」

① （1秒後）➡ 影子跟讀法

我早上起床第一件事就是去沖澡。

僕は、朝起きたら＿＿＿＿＿＿＿シャワーを浴びます。

② （1秒後）➡ 影子跟讀法

不吃快一點，可能一下子就會被吃光了喔！

早く食べないと、＿＿＿＿＿＿＿なくなるよ。

③ （1秒後）➡ 影子跟讀法

「中田先生，您身體還好嗎？」「託您的福，終於康復了。」

「中田さん、お体の具合はどうですか。」「ええ、＿＿＿＿＿＿＿良くなりました。」

④ （1秒後）➡ 影子跟讀法

部長因為出了急事，今天不會進公司。

部長は＿＿＿＿＿＿＿用事で今日は出社しません。

⑤ （1秒後）➡ 影子跟讀法

就算再怎麼努力，辦不到的事就是辦不到。

＿＿＿＿＿＿＿がんばっ＿＿＿＿＿＿＿、無理なものは無理だ。

⑥ （1秒後）➡ 影子跟讀法

④ やっと　　⑤ 急な　　⑥ いくら、ても

02 ☐☐☐

いっぱい
一杯 ▶ (名・副) 一碗，一杯；
充滿，很多

お腹^{なか}いっぱい食^たべた。
吃得肚子飽飽的。 ▶

03 ☐☐☐

ずいぶん
随分 ▶ (副・形動) 相當地，超
越一般程度；不像話

随分^{ずいぶん}よくなった。
好很多。 ▶

04 ☐☐☐

すっかり ▶ (副) 完全，全部；已經

すっかり変^かわる。
徹底改變。 ▶

05 ☐☐☐

ぜんぜん
全然 ▶ (副) （接否定）完全
不…，一點也不…；
非常

全然^{ぜんぜん}気^きにしていない。
一點也不在乎。 ▶

06 ☐☐☐

そんなに ▶ (副) 那麼，那樣

そんなに騒^{さわ}ぐな。
別鬧成那樣。 ▶

07 ☐☐☐

それ程^{ほど} ▶ (副) 那麼地

それ程寒^{ほどさむ}くない。
沒有那麼冷。 ▶

08 ☐☐☐

だいたい
大体 ▶ (副) 大部分；大致，大概

大体分^{だいたいわ}かる。
大致理解。 ▶

參考答案　① いっぱい　② ずいぶん　③ すっかり

「我想預約，呃…時間是這個星期五的晚上。」「非常抱歉，星期五晚上已經客滿了。」

① 「予約をしたいんですが、えっとー、今週の金曜日の夜なんですけど。」「すみません、金曜日の夜は＿＿＿＿＿＿＿です。」

（1秒後）➡ 影子跟讀法

才過一年，小隆長高不少呢！

② 隆君は、1年で＿＿＿＿＿＿大きくなったね。

（1秒後）➡ 影子跟讀法

為了照顧婆婆，我已經筋疲力竭了。

③ 姑の介護で＿＿＿＿＿＿疲れてしまった。

（1秒後）➡ 影子跟讀法

我完全不會講法語。

④ フランス語は＿＿＿＿＿＿分かりません。

（1秒後）➡ 影子跟讀法

吃不了那麼多，給我一個就夠了。

⑤ ＿＿＿＿＿＿食べられないから、1個でいいわ。

（1秒後）➡ 影子跟讀法

這家拉麵店雖然有名，但沒那麼好吃。

⑥ このラーメン屋は有名だが、＿＿＿＿＿＿おいしくない。

（1秒後）➡ 影子跟讀法

從那裡去電影院，大約3分鐘左右就到了。

⑦ そこから映画館には、＿＿＿＿＿＿3分くらいで着きます。

（1秒後）➡ 影子跟讀法

④ 全然　　　⑤ そんなに　　　⑥ それほど　　　⑦ だいたい

241

09 □□□

だい ぶ
大分 ▶ 副 相當地

だい ぶ あたた
大分暖かくなった。
相當暖和了。 ▶

10 □□□

ちっとも ▶ 副 一點也不…

つか
ちっとも疲れていない。
一點也不累。 ▶

11 □□□

で き
出来るだけ ▶ 副 盡可能地

じ ぶん
できるだけ自分のことは
じ ぶん
自分でする。
盡量自己的事情自己做。 ▶

12 □□□

なかなか
中々 ▶ 副・形動 超出想像；頗，非常；（不）容易；（後接否定）總是無法

おもしろ
なかなか面白い。
很有趣。 ▶

13 □□□

なるべく ▶ 副 盡量，盡可能

じゃ ま
なるべく邪魔をしない。
盡量不打擾別人。 ▶

14 □□□

ばかり ▶ 副助 大約；光，淨；僅只；幾乎要

み
テレビばかり見ている。
老愛看電視。 ▶

15 □□□

ひ じょう
非常に ▶ 副 非常，很

ひ じょう つか
非常に疲れている。
累極了。 ▶

参考答案 ❶ だいぶ　　❷ ちっとも　　❸ できるだけ

怎麼了？看你好像身體很不舒服的樣子？

どうしたの。_____具合が悪そうだね。

① （1秒後）➡ 影子跟讀法

大家都說他很厲害，我卻一點都不覺得他厲害。

皆が彼はすごいと言うけど、私は_____すごいと思わない。

② （1秒後）➡ 影子跟讀法

我希望讓孩子盡量自己的事情自己做。

子どもには_____、自分のことは自分でさせたいと思っています。

③ （1秒後）➡ 影子跟讀法

晚上有時候會遲遲無法入睡。

夜、_____眠れないことがある。

④ （1秒後）➡ 影子跟讀法

今天要盡量早點回去喔！

今日は_____早く帰るよ。

⑤ （1秒後）➡ 影子跟讀法

別淨說那樣的話，打起精神來。

そんなこと_____言わないで、元気を出して。

⑥ （1秒後）➡ 影子跟讀法

這棟建築非常大。

この建物は_____大きい。

⑦ （1秒後）➡ 影子跟讀法

④ なかなか　⑤ なるべく　⑥ ばかり　⑦ 非常に

16 □□□

べつ
別に ▶ 副 分開；額外；除外；
（後接否定）（不）
特別，（不）特殊 ▶ 別に予定はない。
沒什麼特別的行程。 ▶

17 □□□

ほど
程 ▶ 名·副助 比較的基準…；
的程度；限度；越…
越… ▶ ３日ほど高い熱が続く。
連續高燒約３天。 ▶

18 □□□

ほとん
殆ど ▶ 名·副 大部份；幾乎 殆ど意味がない。
幾乎沒有意義。 ▶

19 □□□

わりあい
割合に ▶ 副 比較地；雖然…但是 ▶ 値段の割合にものが良い。
照價錢來看東西相對是不錯的。 ▶

20 □□□

じゅうぶん
十分 ▶ 副·形動 充分，足夠 十分に休む。
充分休息。 ▶

21 □□□

もちろん ▶ 副 當然 もちろんあなたは正しい。
當然你是對的。

22 □□□

やはり ▶ 副 依然・仍然 ▶ 子どもはやはり子どもだ。
小孩終究是小孩。 ▶

参考答案　❶ 別に　　❷ ほど　　❸ ほとんど

姐姐雖不特別漂亮，但大家都喜歡她。

① 姉は＿＿＿＿美人ではないけれど、みんなに好かれる。

（1秒後）➡ 影子跟讀法

沒有任何花能像櫻花這樣廣受日本人的喜愛。

② 桜＿＿＿＿日本人に愛されている花はありません。

（1秒後）➡ 影子跟讀法

考題幾乎都不會寫。

③ テストは＿＿＿＿分からなかった。

（1秒後）➡ 影子跟讀法

他雖然年輕，但言談舉止非常穩重。

④ 若いが＿＿＿＿しっかりしている。

（1秒後）➡ 影子跟讀法

現在出門的話，距離兩點開會還有相當充裕的時間喔。

⑤ 今出れば、2時の会議に＿＿＿＿間に合いますよ。

（1秒後）➡ 影子跟讀法

「下次可以到府上玩嗎？」「當然可以，非常歡迎！」

⑥ 「今度お宅に遊びに行ってもいいですか。」「＿＿＿＿。大歓迎ですよ。」

（1秒後）➡ 影子跟讀法

比起影集，還是看原著小說更有想像空間。

⑦ ドラマより、＿＿＿＿元の小説のほうが、いろいろ想像することができていいです。

（1秒後）➡ 影子跟讀法

④ 割合に　　⑤ 十分　　⑥ もちろん　　⑦ やはり

16-3 思考、状態副詞／思考、狀態副詞

01 ☐☐☐

ああ ▸ 副 那樣 ▸ ああ言えばこう言う。
強詞奪理。 ▸

02 ☐☐☐

確か ▸ 形動・副 確實，可靠；大概 ▸ 確かな数を言う。
說出確切的數字。 ▸

03 ☐☐☐

必ず ▸ 副 一定，務必，必須 ▸ かならず来る。
一定會來。 ▸

04 ☐☐☐

代わり ▸ 名 代替，替代；補償，報答；續（碗、杯等） ▸ 代わりの物を使う。
使用替代物品。 ▸

05 ☐☐☐

きっと ▸ 副 一定・務必 ▸ きっと来てください。
請務必前來。 ▸

06 ☐☐☐

決して ▸ 副 （後接否定）絕對（不） ▸ 彼は決して悪い人ではない。
他絕不是個壞人。 ▸

07 ☐☐☐

こう ▸ 副 如此；這樣，這麼 ▸ こうなるとは思わなかった。
沒想到會變成這樣。 ▸

我哥哥覺得那種衣服很有型。

兄は、＿＿＿＿＿いう服が格好いいと思っている。

① （1秒後）➡ 影子跟讀法

她真的會準時到達嗎？

彼女が時間通りに来るのは＿＿＿＿＿ですか。

② （1秒後）➡ 影子跟讀法

一天3餐都要吃蔬菜喔！

野菜は＿＿＿＿＿1日3回食べましょう。

③ （1秒後）➡ 影子跟讀法

我沒辦法去，所以由別人代替我遞送文件。

私は行けませんので、＿＿＿＿＿の人が書類を送ります。

④ （1秒後）➡ 影子跟讀法

只要是讀醫學的人，頭腦一定都很聰明吧！

医学を勉強した人なら、＿＿＿＿＿頭がいいでしょう。

⑤ （1秒後）➡ 影子跟讀法

這扇窗請絕對不要打開。

この窓は＿＿＿＿＿開けないでください。

⑥ （1秒後）➡ 影子跟讀法

「おおやま請寫為大山。」「了解，是這兩個字沒錯吧？」

「おおやまは大きい山と書いてください。」「分かりました。＿＿＿＿＿ですね。」

⑦ （1秒後）➡ 影子跟讀法

④ 代わり　　⑤ きっと　　⑥ 決して　　⑦ こう

単
語
帳

08 □□□

確り しっか
▸ 副・自サ 紮實；堅固；
可靠；穩固

しっかり覚える。
牢牢地記住。 ▸

09 □□□

是非 ぜ ひ
▸ 副 務必；好與壞 ▸

ぜひおいでください。
請一定要來。 ▸

10 □□□

例えば たと
▸ 副 例如 ▸

これは例えばの話だ。
這只是個比喻而已。 ▸

11 □□□

特に とく
▸ 副 特地・特別 ▸

特に用事はない。
沒有特別的事。 ▸

12 □□□

はっきり
▸ 副 清楚；明確；爽快；
直接

はっきり（と）見える。
清晰可見。 ▸

13 □□□

若し も
▸ 副 如果・假如 ▸

もし雨が降ったら中止する。
如果下雨的話就中止。 ▸

那邊的椅子不如這邊的椅子來得堅固。

そっちの椅子<ruby>椅子<rt>いす</rt></ruby>はこっちの椅子<ruby>椅子<rt>いす</rt></ruby>ほど＿＿＿＿していない。

① （1秒後）➡ 影子跟讀法

這本書很好看喔，請一定要閱讀！

この本<ruby>本<rt>ほん</rt></ruby>、面白<ruby>面白<rt>おもしろ</rt></ruby>いですよ。＿＿＿＿読んでみてください。

② （1秒後）➡ 影子跟讀法

以水果來說，例如橘子、蘋果、香蕉等都有販售。

果物<ruby>果物<rt>くだもの</rt></ruby>でしたら、＿＿＿＿みかん、りんご、バナナなども売<ruby>売<rt>う</rt></ruby>っています。

③ （1秒後）➡ 影子跟讀法

「老師，您哪裡不舒服嗎？」「目前沒有特別不舒服的地方呀。」

「先生<ruby>先生<rt>せんせい</rt></ruby>、どこが悪<ruby>悪<rt>わる</rt></ruby>いんですか。」「今<ruby>今<rt>いま</rt></ruby>のところは＿＿＿＿悪<ruby>悪<rt>わる</rt></ruby>いところはありませんよ。」

④ （1秒後）➡ 影子跟讀法

不願意的話最好明確拒絕。

嫌<ruby>嫌<rt>いや</rt></ruby>なら＿＿＿＿断<ruby>断<rt>ことわ</rt></ruby>ったほうがいい。

⑤ （1秒後）➡ 影子跟讀法

萬一感覺疼痛，請先服藥。

＿＿＿＿痛<ruby>痛<rt>いた</rt></ruby>くなったら、まず薬<ruby>薬<rt>くすり</rt></ruby>を飲<ruby>飲<rt>の</rt></ruby>んでください。

⑥ （1秒後）➡ 影子跟讀法

④ 特<ruby>特<rt>とく</rt></ruby>に　　⑤ はっきり　　⑥ もし

16-4 接続詞、接続助詞、接尾詞、接頭詞／
接續詞、接助詞、接尾詞、接頭詞 ♪

01 □□□

すると ▸ (接續) 於是；這樣一來 ▸ すると急にまっ暗になった。

突然整個變暗。

02 □□□

それで ▸ (接續) 後來，那麼 ▸ それでどうした。

然後呢？

03 □□□

それに ▸ (接續) 而且，再者 ▸ 晴れだし、それに風もない。

晴朗而且無風。

04 □□□

だから ▸ (接續) 所以，因此 ▸ だから友達がたくさんいる。

正因為那樣才有許多朋友。

05 □□□

又は ▸ (接續) 或者 ▸ 鉛筆またはボールペンを使う。

使用鉛筆或原子筆。

06 □□□

**けれど・
けれども** ▸ (接助) 但是 ▸ 読めるけれども書けません。

可以讀但是不會寫。

07 □□□

置き ▸ (接尾) 每隔… ▸ 1ヶ月おきに来る。

每隔一個月會來。

參考答案　❶ すると　　❷ それで　　❸ それに

影子跟讀法請看 P5

我送了她一束花，然後她莞然一笑。
<ruby>僕<rt>ぼく</rt></ruby>は<ruby>彼女<rt>かのじょ</rt></ruby>に<ruby>花<rt>はな</rt></ruby>をあげました。＿＿＿＿＿、<ruby>彼女<rt>かのじょ</rt></ruby>はにっこり<ruby>微笑<rt>ほほえ</rt></ruby>みました。
① （1秒後）➡ 影子跟讀法

最近戒菸了，身體也跟著變好了。
<ruby>最近<rt>さいきん</rt></ruby>、タバコをやめました。＿＿＿＿＿<ruby>体調<rt>たいちょう</rt></ruby>がよくなりました。
② （1秒後）➡ 影子跟讀法

這間房子很值得買喔！不但剛剛蓋好，而且價格便宜。
この<ruby>家<rt>いえ</rt></ruby>はお<ruby>買<rt>か</rt></ruby>い<ruby>得<rt>どく</rt></ruby>だよ。<ruby>新<rt>あたら</rt></ruby>しいし、＿＿＿＿＿<ruby>安<rt>やす</rt></ruby>い。
③ （1秒後）➡ 影子跟讀法

已經傍晚了，（所以）算你便宜一點吧！
もう<ruby>夕方<rt>ゆうがた</rt></ruby>＿＿＿＿＿、<ruby>安<rt>やす</rt></ruby>くしておくよ。
④ （1秒後）➡ 影子跟讀法

請用黑色或是藍色的原子筆填寫。
<ruby>黒<rt>くろ</rt></ruby>＿＿＿＿＿<ruby>青<rt>あお</rt></ruby>のペンで<ruby>記入<rt>きにゅう</rt></ruby>してください。
⑤ （1秒後）➡ 影子跟讀法

雖然去了海邊，但由於浪太高而沒有辦法游泳。
<ruby>海<rt>うみ</rt></ruby>へ<ruby>行<rt>い</rt></ruby>った＿＿＿＿＿、<ruby>波<rt>なみ</rt></ruby>が<ruby>高<rt>たか</rt></ruby>くて<ruby>泳<rt>およ</rt></ruby>げなかった。
⑥ （1秒後）➡ 影子跟讀法

這種藥請每隔6小時服用。
この<ruby>薬<rt>くすり</rt></ruby>は6<ruby>時間<rt>じかん</rt></ruby>＿＿＿＿＿に<ruby>飲<rt>の</rt></ruby>んでください。
⑦ （1秒後）➡ 影子跟讀法

---

④ だから　　⑤ または　　⑥ けれども　　⑦ おき

08 □□□

月 _{がつ}
▸ 接尾 …月

7月に日本へ行く。 _{がつ にほん い}
7月要去日本。 ▸

09 □□□

会 _{かい}
▸ 名 …會，會議

音楽会へ行く。 _{おんがくかい い}
去聽音樂會。 ▸

10 □□□

倍 _{ばい}
▸ 名・接尾 倍，加倍 ▸

3倍になる。 _{ばい}
變成3倍。 ▸

11 □□□

軒・軒 _{けん げん}
▸ 接尾 …間，…家 ▸

右から3軒目がホテルで _{みぎ げん め}
す。
從右數來第3間是飯店。 ▸

12 □□□

ちゃん
▸ 接尾 （表親暱稱謂）小… ▸

健ちゃん、ここに来て。 _{けん き}
小健，過來這邊。 ▸

13 □□□

君 _{くん}
▸ 接尾 君

山田君が来る。 _{やま だ くん く}
山田君來了。 ▸

14 □□□

様 _{さま}
▸ 接尾 先生，小姐 ▸

こちらが木村様です。 _{き むらさま}
這位是木村先生。 ▸

参考答案　❶ 月 _{がつ}　❷ 会 _{かい}　❸ 倍 _{ばい}

こんにちは。
（1秒後）こんにちは。

影子跟讀法請看 P5

16

副詞與其他品詞

依照傳統風俗，會在 1 月 7 日這天吃「七草粥」。

① 1 ＿＿＿＿ 7 日には、「七草がゆ」を食べることになっています。

（1秒後）➡ 影子跟讀法

為了在大賽中獲勝，每天勤於練習。

② 大＿＿＿＿で優勝するために、毎日練習しています。

（1秒後）➡ 影子跟讀法

---

10 的 2 倍是 20。

③ 10 の 2 ＿＿＿＿は 20 です。

（1秒後）➡ 影子跟讀法

東旅館就在過橋後右邊的第 3 家喔。

④ 東ホテルは、橋を渡って右から 3 ＿＿＿＿目ですよ。

（1秒後）➡ 影子跟讀法

啊，小健，你要去哪裡？

⑤ あ、けん＿＿＿＿、どこに行くの？

（1秒後）➡ 影子跟讀法

既然有山田君在，你可以休假無妨。

⑥ 山田＿＿＿＿がいるから、君は休んでもいいだろう。

（1秒後）➡ 影子跟讀法

送了茶水給客人。

⑦ お客＿＿＿＿にお茶をお出ししました。

（1秒後）➡ 影子跟讀法

---

④ 軒（げん）　　⑤ ちゃん　　⑥ 君（くん）　　⑦ 様（さま）

253

15 □□□

…目^め
▸ （接尾）第…
▸ 2行目^{ぎょうめ}を見^みてください。
請看第2行。

16 □□□

家^か
（名・接尾）…家；家族，家庭；從事…的人
立派^{りっぱ}な音楽家^{おんがくか}になった。
成了一位出色的音樂家。

17 □□□

式^{しき}
▸ （名・接尾）儀式，典禮；方式；樣式；算式，公式
卒業式^{そつぎょうしき}へ行^いく。
去參加畢業典禮。

18 □□□

製^{せい}
▸ （名・接尾）…製
▸ 台湾製^{タイワンせい}の靴^{くつ}を買^かう。
買台灣製的鞋子。

19 □□□

代^{だい}
▸ （名・接尾）世代；（年齡範圍）…多歲；費用
十代^{じゅうだい}の若者^{わかもの}が多^{おお}い。
有許多10幾歲的年輕人。

20 □□□

出^だす
▸ （接尾）開始…
▸ 彼女^{かのじょ}が泣^なき出^だす。
她哭了起來。

21 □□□

難^{にく}い
▸ （接尾）難以，不容易
▸ 薬^{くすり}は苦^{にが}くて飲^のみにくい。
藥很苦很難吞嚥。

参考答案　❶ 目^め　　❷ 家^か　　❸ 式^{しき}

倒數第２個男人，是不是常常上電視的那個人呀？

あの後ろから２番＿＿＿＿の男の人、よくテレビに出てる人じゃない？

（1秒後）➡ 影子跟讀法

他成了一位出色的政治家。

彼は立派な政治＿＿＿＿になった。

（1秒後）➡ 影子跟讀法

在小學的入學典禮上，每個孩子看起來都很開心呢。

小学校の入学＿＿＿＿で、子どもたちは皆嬉しそうだ。

（1秒後）➡ 影子跟讀法

日本製的汽車出口到亞洲各國，甚至遠至非洲。

日本＿＿＿＿の車はアジア諸国から、遠いアフリカまで輸出されている。

（1秒後）➡ 影子跟讀法

我們家族從爺爺那一輩就住在這座村子裡了。

私の家族は、祖父の＿＿＿＿からこの村に住んでいる。

（1秒後）➡ 影子跟讀法

一到家，便開始下起雨來了。

うちに着くと、雨が降り＿＿＿＿。

（1秒後）➡ 影子跟讀法

如果不方便吃，請用湯匙。

食べ＿＿＿＿ければ、スプーンを使ってください。

（1秒後）➡ 影子跟讀法

④ 製　⑤ 代　⑥ だした　⑦ 難

22 □□□

やすい ▸ 接尾 容易… ▸ わかりやすく話す。
説得簡單易懂。 ▸

23 □□□

過ぎる ▸ 自上一 超過；過於； 経過 接尾 過於… ▸ 50歳を過ぎる。
過了50歳。 ▸

24 □□□

御 ▸ 接頭 貴（接在跟對方有關的事物、動作的漢字詞前）表示尊敬語、謙讓語 ▸ ご主人によろしく。
請代我向您先生問好。 ▸

25 □□□

ながら ▸ 接助 一邊…，同時… ▸ ご飯を食べながらテレビを見る。
邊吃飯邊看電視。 ▸

26 □□□

方 ▸ 接尾 …方法 ▸ 作り方を学ぶ。
學習做法。 ▸

16-5 尊敬語、謙譲語／尊敬語、謙讓語 ♪

01 □□□

いらっしゃる ▸ 自五 來・去・在（尊敬語） ▸ 先生がいらっしゃった。
老師來了。 ▸

参考答案　　① やすい　　② すぎて　　③ ご

這輛自行車騎起來很輕鬆。

この自転車は、乗り＿＿＿＿＿です。

① （1秒後）➡ 影子跟讀法

新的詞彙太多，怎麼樣都沒辦法全部背下來。

新しい言葉が多＿＿＿＿＿、どうしても全部覚えることができない。

② （1秒後）➡ 影子跟讀法

恭喜尊夫君就任總經理！

＿＿＿＿＿主人の社長就任、おめでとうございます。

③ （1秒後）➡ 影子跟讀法

小孩哭著跑過來。

子どもが、泣き＿＿＿＿＿走ってきた。

④ （1秒後）➡ 影子跟讀法

終於學會了智慧型手機的操作方式。

やっとスマホの使い＿＿＿＿＿が分かってきました。

⑤ （1秒後）➡ 影子跟讀法

前往大森的乘客請在中山站換車。

大森へ＿＿＿＿＿方は、中山駅で乗り換えてください。

⑥ （1秒後）➡ 影子跟讀法

④ ながら　　⑤ 方　　⑥ いらっしゃる

02 □□□

おいでになる ▶ 他五 來，去，在，光臨，駕臨（尊敬語） ▶ よくおいでになりました。
難得您來，歡迎歡迎。 ▶

03 □□□

ご存知 ▶ 名 您知道（尊敬語） ▶ いくらかかるかご存知ですか。
您知道要花費多少錢嗎？ ▶

04 □□□

ご覧になる ▶ 他五 看，閲讀（尊敬語） ▶ 展覧会をごらんになりましたか。
您看過展覽會了嗎？ ▶

05 □□□

なさる ▶ 他五 做（「する」的尊敬語） ▶ 高橋様ご結婚なさるのですか。
高橋小姐要結婚了嗎？ ▶

06 □□□

召し上がる ▶ 他五 吃，喝（「食べる」、「飲む」的尊敬語） ▶ コーヒーを召し上がってください。
請喝咖啡。 ▶

07 □□□

致す ▶ 自他五・補動 （「する」的謙恭說法）做，辦；致；有…，感覺… ▶ 私がいたします。
由我來做。 ▶

08 □□□

頂く・戴く ▶ 他五 領受；領取；吃，喝；頂 ▶ 遠慮なくいただきます。
那我就不客氣拜領了。 ▶

参考答案　**1** おいでになりました　**2** ご存知　**3** ご覧になった

議員先生已經蒞臨了。

せんせい
先生はもう＿＿＿＿＿＿＿＿。

① （1秒後）➡ 影子跟讀法

我想您應該知道，最近蔬菜的價格非常昂貴。

＿＿＿＿＿かと思いますが、最近、野菜がとても高い
です。

② （1秒後）➡ 影子跟讀法

此封郵件過目之後，盼能覆信。

あと　　　　　　　　　　へんしん　　　　　　　　さいわ
メールを＿＿＿＿＿＿＿後、ご返信いただけると幸い
です。

③ （1秒後）➡ 影子跟讀法

石川小姐要結婚了嗎？恭喜恭喜！

いしかわさま　　けっこん
石川様ご結婚＿＿＿＿＿のですか。おめでとうござい
ます。

④ （1秒後）➡ 影子跟讀法

老師，這個請您享用。

せんせい
先生、これ、どうぞ＿＿＿＿＿＿＿ください。

⑤ （1秒後）➡ 影子跟讀法

敬告各位貴賓，昨天新車站已經落成了。

きゃくさま　　　し　　　　　　　　　きのう　　あたら　　　えき
お客様にお知らせ＿＿＿＿＿。昨日、新しい駅ができ
ました。

⑥ （1秒後）➡ 影子跟讀法

承蒙詳細告知，這樣我清楚了。

ていねい　　おし　　　　　　　　　　　わ
丁寧に教えて＿＿＿＿＿、よく分かりました。

⑦ （1秒後）➡ 影子跟讀法

④ なさる　　⑤ 召し上がって　　⑥ いたします　　⑦ いただいて

09 ☐☐☐

うかが
伺う ▸ (他五) 拜訪；請教，打聽（謙讓語）

あした たく うかが
明日お宅に伺います。
明天到府上拜訪您。

10 ☐☐☐

おっしゃる ▸ (他五) 說，講，叫

せんせい
先生がおっしゃいました。
老師說了。

11 ☐☐☐

くだ
下さる ▸ (他五) 給，給予（「くれる」的尊敬語）

せんせい き
先生が来てくださった。
老師特地前來。

12 ☐☐☐

さ あ
差し上げる ▸ (他下一) 給（「あげる」的謙讓語）

さ あ
これをあなたに差し上げます。
這個奉送給您。

13 ☐☐☐

はいけん
拝見 ▸ (名・他サ) 看，拜讀

て がみはいけん
お手紙拝見しました。
已拜讀貴函。

14 ☐☐☐

まい
参る ▸ (自五) 來，去（「行く」、「来る」的謙讓語）；認輸；參拜

まい
ただいま参ります。
我馬上就去。

15 ☐☐☐

もう あ
申し上げる ▸ (他下一) 說（「言う」的謙讓語）

れい もう あ
お礼を申し上げます。
向您致謝。

参考答案 ❶ 伺いました ❷ おっしゃった ❸ くださった

昨天到總經理家拜訪。

① 昨日、社長のお宅に＿＿＿＿＿＿＿＿。

（1秒後）➡ 影子跟讀法

老師說了下星期要考試。

② 来週試験をすると先生は＿＿＿＿＿＿＿。

（1秒後）➡ 影子跟讀法

老師也來為我的網球比賽加油了。

③ 先生もテニスの試合の応援に来て＿＿＿＿＿＿。

（1秒後）➡ 影子跟讀法

星期天打完高爾夫球之後，開車將總經理送到了家門口。

④ 日曜日、ゴルフの帰りに車で社長をご自宅まで送って＿＿＿＿＿＿。

（1秒後）➡ 影子跟讀法

已經拜讀了剛才的來函。

⑤ 先ほどのメールを＿＿＿＿＿＿＿いたしました。

（1秒後）➡ 影子跟讀法

因為經理生病了，所以由我代理前往。

⑥ 部長が病気のため、私が＿＿＿＿＿＿＿。

（1秒後）➡ 影子跟讀法

我最想申明的是，那只不過是謠言而已。

⑦ 私が一番＿＿＿＿＿＿＿ことは、それはあくまでも噂だということです。

（1秒後）➡ 影子跟讀法

④ さしあげた　　⑤ 拝見　　⑥ 参りました　　⑦ 申し上げたかった

16 □□□

申す
もう

(他五) 說，叫（「言う」的謙讓語）；する的謙讓語（可以不翻譯）

私は山田と申します。
わたし　やま だ　　もう

我叫山田。

17 □□□

ございます

(特殊形) 是，在（「ある」、「あります」的鄭重說法表示尊敬）

おめでとうございます。

恭喜恭喜。

18 □□□

でございます

(自・特殊形) 是（「だ」、「です」、「である」的鄭重說法）

山田産業の加藤でございます。
やま だ さんぎょう　　か とう

我是山田産業的加藤。

19 □□□

居る
お

(自五) 在，存在；有（「いる」的謙讓語）；正在…；了（動作完成）

社長は今おりません。
しゃちょう　いま

社長現在不在。

20 □□□

存じ上げる
ぞん　あ

(他下一) 知道（自謙語）

お名前は存じ上げております。
な まえ　　ぞん　あ

久仰大名。

参考答案　❶ 申し　もう　❷ ございます　❸ でございます

今後也敬請多多指教。
今後ともどうぞよろしくお願い＿＿＿＿上げます。

① （1秒後）➡ 影子跟讀法

本公司的新產品在這邊。
こちらに当社の新製品が＿＿＿＿。

② （1秒後）➡ 影子跟讀法

店員說：「這是非常高級的葡萄酒。」
店員は、「こちらはたいへん高級なワイン＿＿＿＿。」
と言いました。

③ （1秒後）➡ 影子跟讀法

總經理目前外出中。
社長はただいま、出かけて＿＿＿＿。

④ （1秒後）➡ 影子跟讀法

久仰老師大名。
先生のことは前から＿＿＿＿おります。

⑤ （1秒後）➡ 影子跟讀法

④ おります　　⑤ 存じ上げて

【日檢智庫QR碼 22】

Qr-Code + MP3
線上音檔　　朗讀光碟

影子跟讀法&填空測驗
絕對合格 日檢必勝單字N4 (25K)

■ 發行人／林德勝

■ 著者／吉松由美、田中陽子、西村惠子、千田晴夫、
　　　　林勝田、山田社日檢題庫小組合著

■ 出版發行／山田社文化事業有限公司
　　地址　臺北市大安區安和路一段112巷17號7樓
　　電話　02-2755-7622　02-2755-7628
　　傳真　02-2700-1887

■ 郵政劃撥／19867160號　大原文化事業有限公司

■ 總經銷／聯合發行股份有限公司
　　地址　新北市新店區寶橋路235巷6弄6號2樓
　　電話　02-2917-8022
　　傳真　02-2915-6275

■ 印刷／上鎰數位科技印刷有限公司

■ 法律顧問／林長振法律事務所　林長振律師

■ 書／定價　新台幣 335元

■ 初版／2023年2月

© ISBN : 978-986-246-737-4
2023, Shan Tian She Culture Co. , Ltd.

著作權所有・翻印必究
如有破損或缺頁，請寄回本公司更換

線上下載 ⬏
朗讀音檔

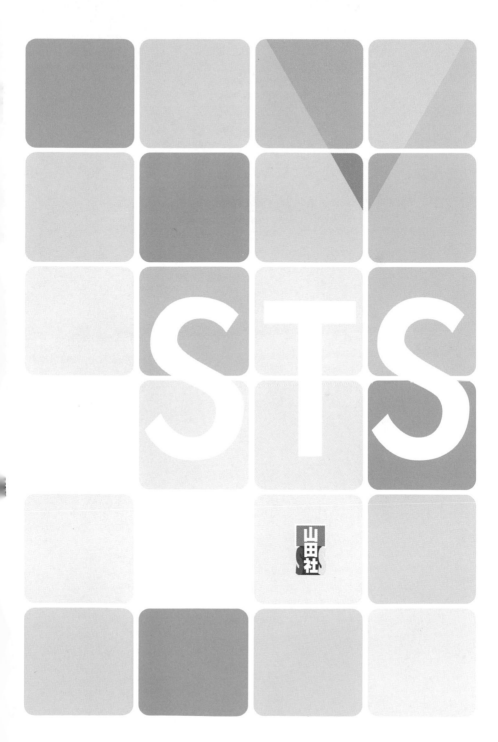